Mila Summers

Sommerglück in Schottland

Ein Cottage zum Verlieben

FSC
www.fsc.org
MIX
Papier aus verantwortungsvollen Quellen
Paper from responsible sources
FSC® C105338

Impressum

Bibliografische Information der Deutschen Nationalbibliothek: Die Deutsche Nationalbibliothek verzeichnet diese Publikation in der Deutschen Nationalbibliografie; detaillierte bibliografische Daten sind im Internet über www.dnb.de abrufbar.

Deutsche Erstauflage Mai 2022

Lektorat: Dorothea Kenneweg

Korrektorat: SW Korrekturen

Covergestaltung: Nadine Kapp

Covermotiv: Shutterstock ©Daria Ustiugova, ©Tanafortuna,

©anndypit, ©Bojanovic, ©Ekaterina Mangorielle

Impressum: D. Hartung
Frankfurter Str. 22

97082 Würzburg

mila.summers@outlook.de

Herstellung und Druck über tolino media GmbH & Co. KG, München.
Printed in Germany

MILA

SUMMERS

Sommerglück in Schottland

- Ein Cottage zum Verlieben -

Roman

Kapitel 1

Lara

»Das ist jetzt hoffentlich nicht dein Ernst. Nimm das sofort zurück!« Ich unterbrach meine Rückenübung und stützte mich mit den Ellbogen auf meiner Yogamatte ab. Nach einem langen Tag an der Hotelrezeption schmerzten meine Schultern immer sehr.

»Was? Dass du in der letzten Zeit ordentlich zugenommen hast? Warum sollte ich? Schließlich ist es nur die Wahrheit.«

Marvin ließ sich auf meinem Sofa zurückfallen und sah mit diesem fast selbstgefälligen Lächeln auf den Lippen zu mir herunter, das mir schon bei unserer allerersten Begegnung aufgefallen war. Viele Jahre hatte ich mir einreden können, dass das seinen ganz besonderen Charme erst ausmachte und er damit nur noch verführerischer auf mich wirkte. Und anfangs hatte er sich ja auch wirklich enorm ins Zeug gelegt, um mir die Welt zu Füßen zu legen, wie er es nannte.

»Wenn du möchtest, dann gehe ich jeden Morgen mit dir joggen. Als Fitnesscoach weiß ich, was du jetzt brauchst.« Er dachte angestrengt nach. Wahrscheinlich kalkulierte er innerlich schon den Kalorienverbrauch seines Spezialprogramms durch. »Pass auf! Und ich mache dir dafür sogar einen Freundschaftspreis. Na, was sagst du? Wie hört sich das in deinen Ohren an?«

Hatte ich gerade richtig gehört? Mein Freund wollte auch noch Geld von mir dafür, dass ich mit ihm Sport machte? Ganz ungeachtet der Tatsache, dass ich als Hotelfachfrau ohnehin im Schichtbetrieb arbeitete und überhaupt nicht jeden Tag joggen gehen konnte. Als ob er das nicht wüsste.

»Stellst du mir dafür dann monatlich eine Rechnung, oder wie darf ich das verstehen?«

Marvin so reden zu hören, ließ mich daran zweifeln, ob ich ihn je wirklich richtig gekannt hatte. Es war ein Fehler gewesen, ihm in der Vergangenheit, wann immer er über mein Gewicht urteilte und mich zu einer neuen Diät anspornte, recht zu geben.

»Wir finden eine Lösung. Mach dir darüber mal keine Sorgen. Aber bis du …« Sein prüfender Blick scannte meinen Körper von oben bis unten, wie er es in so vielen Situationen zuvor schon getan hatte. »… wieder dein Normalgewicht erreicht hast, denke ich, sollten wir uns eine Zeit lang nicht zusammen in der Öffentlichkeit sehen lassen. Abgesehen von den Sporteinheiten natürlich.«

Das schlug dem Fass doch den Boden aus.

»Schämst du dich etwa für mich?« Ich ärgerte mich, dass es eine Spur zu panisch klang.

Ich hatte, wenn überhaupt, gerade mal zwei, bis drei Kilo zugenommen. Was kurz nach Weihnachten – okay, es war inzwischen Mai – nicht weiter verwunderlich war. Ich war sicherlich nicht die Einzige auf der Welt, die gern Plätzchen naschte.

»Ich habe als Fitnesscoach einen Ruf zu wahren, mein Schatz. Wie stehe ich denn da, wenn meine Freundin übergewichtig ist? Dann bucht mich doch keiner mehr. Das musst du verstehen.«

Während ich mich nach wie vor so fühlte, als wäre ich im falschen Film, schien Marvin absolut überzeugt von dem, was er sagte. Das hier war kein Scherz. Nein, es war sein verdammter Ernst. Alles, was für ihn zählte, war mein Gewicht. Und dabei war ich nicht mal zu dick. Hallo? Meine Figur war total okay so, wie sie war.

»Du meinst, du kannst dich nicht mehr mit mir sehen lassen, weil ich dir zu fett geworden bin?«

Auch wenn Marvin mir in den letzten Minuten nichts anderes gesagt hatte, musste ich es doch so provokativ formulieren. Ich musste es aus seinem Mund hören, um mich selbst wachzurütteln. Wie lange wollte ich mir von Marvin denn noch Vorschriften zu meinem Körper machen lassen?

»Ich dachte an eine kleine Auszeit. Bis sich das alles … geklärt hat.«

Ich war aufgestanden und rollte die Yogamatte zusammen. Marvin sah zu meiner Körpermitte, wo ihn die angefutterten Pfunde offensichtlich am meisten störten.

»Und wenn ich in absehbarer Zeit nicht abnehmen werde? Was ist dann?«

Diese Unterhaltung zog mir den Boden unter den Füßen weg. Seine Sportbesessenheit hatte schon lange extreme Ausmaße angenommen, klar, aber ich hatte es bisher einfach als Berufskrankheit abgetan. Nie zuvor hatte Marvin solch drastische Erwägungen in den Raum gestellt. Wo sollte das bitte schön hinführen? Hierbei konnte es sich doch nur um einen schlechten Scherz handeln. Oder?

»Tja, dann …«, erwiderte er mit vielsagendem Blick.

»Du willst also mit mir Schluss machen, wenn ich nicht abnehme?«

Marvins Worte machten mich fassungslos. Wie hatte ich diesem Mann nur mein Herz schenken können? Und wie hatte ich mich bloß so in ihm täuschen können? Seit fast fünf Jahren waren wir ein Paar, und jetzt das.

»Du, Lara, mir sind da echt die Hände gebunden«, sagte er und wies damit jede Schuld von sich und geradewegs in meine Richtung. »Außerdem habe ich schon länger gemerkt, dass ich mehr Freiraum brauche, um mich entfalten zu können. Das musst du respektieren.«

Irgendwie wurde ich das Gefühl nicht los, dass es sich bei diesem Freiraum, von dem da die Rede war, doch um diese dünne blonde Inga handelte, die im Fitnessstudio neuerdings die Zumba-Kurse anbot. Bisher hatte er es immer abgestritten, aber ich war ja nicht blind. Ich hatte genau gesehen, wie er sie nach dem Crosslauf, den das Studio alljährlich veranstaltete, mit seiner mir wohlbekannten Masche umgarnte.

»Dann will ich dich mal von dieser schweren Last befreien.«

Marvin machte große Augen.

»Wie meinst du das denn jetzt wieder?«, hakte er nach.

So schwer von Begriff hätte ich ihn gar nicht eingeschätzt. Vor allem, da er von sich selbst behauptete, immer Herr der Lage zu sein und alles ganz genau im Blick zu haben.

»Ich werde nicht mit dir joggen gehen, Marvin. Außerdem nehme ich die zwei, drei Kilo zu viel dann ab, wenn ich das für richtig halte, und nicht, weil du es mir sagst. Ich möchte das nicht. Ich möchte das alles nicht mehr. Da hast du deinen Freiraum. Gut so?«

Marvin zuckte mit den Achseln.

»Wenn das deine Entscheidung ist, akzeptiere ich sie natürlich.« Für einen winzigen Moment wirkte er irritiert, aber er fing sich gleich wieder. »Tja, wenn du in absehbarer Zeit einen Fitnesscoach brauchst, weißt du ja, wo du mich finden kannst. Das Angebot steht. Aber warte nicht zu lange. Mit jedem weiteren Kilo, das du zunimmst, wird es schwieriger, dein altes Gewicht wieder zu erreich…«

Noch ehe Marvin geendet hatte, warf ich ein Kissen nach ihm. Was zu viel war, war zu viel. In all den Jahren hatte ich immer getan, was er von mir wollte. Ich hatte jede Diät ausprobiert, die jeweils als das ultimative Geheimrezept angepriesen wurde, hatte Sportarten begonnen, von denen er der Überzeugung war, dass ich damit genau das Richtige für meinen Körper tat. Bis auf Yoga hatte ich alles wieder aufgegeben, weil es mich nicht erfüllt hatte.

Dabei waren wir doch noch vor ein paar Monaten so verliebt gewesen. Im Sommer in der Toskana hatte ich sogar geglaubt, er würde mir endlich einen Heiratsantrag machen und mir gegenüber ebenfalls den Wunsch äußern, mit mir zusammenzuziehen. Letztlich war es zwar anders gekommen, aber das Gefühl hatte doch gestimmt. Oder hatte ich mir das am Ende alles nur eingebildet, weil ich es so sehr wollte?

»Ich denke, du solltest jetzt besser gehen.«

Was war ich in diesem Moment froh, dass jeder von uns seine eigene Wohnung behalten hatte. Dabei wäre ich doch am liebsten gleich nach unseren ersten Dates bei ihm eingezogen. So sicher war ich mir damals gewesen.

»Überleg es dir! Noch können wir das wieder hinkriegen«, gab sich Marvin zuversichtlich.

»Das mit uns?«, hakte ich nach, bereute es jedoch gleich wieder, dass sich bei Marvins Worten leise Hoffnung in mir regte, wir könnten diese Hürde doch noch gemeinsam meistern.

»Ich meinte vielmehr dein Gewicht …«

»Raus!«, brüllte ich ihm wie eine Löwin entgegen, woraufhin er mich zunächst irritiert ansah.

Erst als ich das nächste Kissen nach ihm warf, löste er sich aus seiner Schockstarre und machte sich in Richtung Tür auf.

»Ist ja schon gut. Ich gehe. Du weißt ja, wie du mich erreichen kannst, wenn du meine professionelle Hilfe benötigst.«

Und damit war Marvin aus meinem Leben verschwunden und ich um eine unliebsame Erfahrung reicher.

Kapitel 2

Cailan

»Was hast du jetzt vor?«

Das war eine verdammt gute Frage, deren Beantwortung mir bisher nicht geglückt war. Es galt so vieles abzuwägen und gut zu überlegen. Natürlich hatte ich eine Verantwortung mir und meinen Kollegen gegenüber. Aber würde ich diese weiterhin auch tragen können?

»Ich habe keine Ahnung«, gab ich ehrlich zu. Zunächst einmal musste ich mir diese Auszeit nehmen, um meine Angelegenheiten zu regeln, den Nachlass meiner Mutter.

Warren sah mich mit diesem mitleidigen Blick an, den ich seit der Beerdigung bereits allzu oft gesehen hatte und der mich an all die Schicksalsschläge in meinem Leben erinnerte, denen ich bisher standhalten musste.

»Das tut mir echt leid, Cailan. Wenn ich dir irgendwie behilflich sein kann, lass es mich wissen, ja?«

Mit Warren war ich in der Vergangenheit ab und an nach der Arbeit in den Pub gegangen, um ein paar Pints zu heben. Wirklich tiefgründige Gespräche hatten wir beide nie geführt. Ich wusste nicht mal, wer ihm erzählt hatte, dass nun auch meine Mutter, und damit meine letzte lebende Verwandte, gestorben war.

»Danke dir«, sagte ich artig und schnappte mir dabei den Kaffee, den ich mir zuvor herausgelassen hatte.

Vermutlich war er inzwischen ohnehin kalt. Aber das war jetzt auch schon egal.

Wie ferngesteuert ging ich zurück zu meinem Platz und starrte den riesigen Bildschirm an, als könnte er mir Antworten auf die vielen Fragen geben, die mir im Kopf herumschwirrten.

Mum hatte mir das B&B vermacht. Was nicht anders zu erwarten gewesen war, da es sonst niemanden mehr von meiner Familie gab. Ich war jetzt ganz auf mich allein gestellt.

Vor sieben Jahren war mein Bruder Jimmy an Leukämie verstorben. Wir hatten so viele Jahre gehofft und gebangt, bis wir uns letztlich doch von ihm verabschieden mussten. Nur zwei Jahre später war Dad ihm gefolgt. Herzinfarkt. Wobei Mum der Überzeugung war, dass er an seinem gebrochenen Herzen gestorben war. Und nun schließlich Mum. Viel zu früh und vollkommen unerwartet war sie eines Morgens nicht mehr aufgewacht.

»Hey, Cailan, wann fährst du los?«

Phoebe stand plötzlich neben meinem Schreibtisch. Ich war so in Gedanken versunken gewesen, dass ich meine Chefin nicht mal hatte kommen hören.

»In zwei Stunden. Du brauchst dir also keine Sorgen wegen des Auftrags von Bloomberg zu machen. Ich lasse einen letzten Test durchlaufen, und dann sollte alles in trockenen Tüchern sein.«

Viel zu harsch kamen die Worte aus meinem Mund. Aber ich war es so leid, dass die Leute mich mit diesem mitleidigen Blick bedachten. Schließlich wusste ich selbst am besten, wie schwer das alles war. Das brauchten sie mir nicht auch noch in jeder Sekunde ihrer Gegenwart aufs übergroße Butterbrot zu schmieren.

»So meinte ich das doch gar nicht. Wenn du nicht fertig wirst, schaue ich gerne selbst noch mal drüber«, bot sie mir an.

»Danke, aber ich komme klar und bringe meine Arbeit anständig zu Ende«, erwiderte ich schroff und wandte meinen Blick von ihr ab.

Wann war ich nur so verbittert geworden?

»Wie du meinst«, sagte Phoebe daraufhin und ging zurück in ihr Büro.

Auf der Weihnachtsfeier waren wir uns nähergekommen, als gut für das Team war. Bisher war es uns jedoch gelungen, den Zwischenfall vor allen geheim zu halten. Des Weiteren waren wir uns beide darüber einig, dass wir den einmaligen Ausrutscher nicht an die große Glocke hängen und schon gar nicht daran anknüpfen wollten.

Dennoch hatte ich das Gefühl, dass Phoebe mich seit dem One-Night-Stand mit anderen Augen ansah. Doch so leid es mir auch tat, ich erwiderte ihre Gefühle nicht.

Dabei war sie eine so intelligente und schöne Frau. Sooft ich mir das auch sagte, änderte es doch nichts an der Tatsache, dass der Funke bei mir nicht übergesprungen war.

Am späten Nachmittag erreichte ich schließlich das kleine B&B meiner Familie, das Cottage, in dem ich aufgewachsen war. Unweit des Clachtoll Beach mit seinem weißen Sandstrand und den schroffen kantigen Felsvorsprüngen hatten Jimmy und ich eine glückliche Kindheit verlebt. Leider war nach dem Tod meines Bruders nichts mehr von diesem Glück und der Leichtigkeit von damals geblieben. Schwermut beherrschte seither meine Familie. Und nun hatte ich auch keine Eltern mehr.

Als ich den Motor meines Wagens abgestellt hatte, blieb ich noch eine ganze Weile sitzen und sah mir das mit Stroh gedeckte Cottage an. Neben der Holztür und den Holzfenstern rankten im Frühling und Sommer Rosen. Der Efeu blieb das ganze Jahr erhalten und verschaffte dem alten Gebäude mit seiner kräftigen grünen Farbe etwas Erhabenes.

Das Haus war vor rund zweihundert Jahren von einem meiner Vorfahren in Fachwerkbauweise und Naturstein erbaut worden. Die niedrigen Decken der Zimmer hatten mich schon so manches Mal fluchen lassen, da ich mit meinen ein Meter fünfundachtzig regelmäßig mit meinem Kopf an einem der herausragenden Balken anstieß und eine Beule davontrug. Was hatte ich in meiner Jugend die knarzenden Holzfußböden verdammt. Mum hatte mich immer gehört, wenn ich noch ein Stück Kuchen stibitzt hatte, obwohl längst Schlafenszeit gewesen war.

Doch egal, wie windschief das in die Jahre gekommene Cottage auch wirkte, es war mein Zuhause. Ein Zuhause mit Erinnerungen an bessere Tage. Erinnerungen, die ich nun mit niemandem mehr teilen konnte. Nicht mal mit meiner Mum. Dabei war ich doch vor vielen Jahren gerade wegen dieser schmerzlichen Erinnerungen davongelaufen.

Ein Schauder ging mir bei diesem Gedanken über den Rücken. Die Endgültigkeit des Todes führte mir die Endlichkeit des Lebens überdeutlich vor Augen. Der Tod nahm einem alles, ohne mit der Wimper zu zucken oder gar nachzufragen. Ich wusste das. Und dennoch konnte ich mich einfach nicht damit abfinden, dass nun alle Mitglieder meiner Familie nicht mehr hier waren.

Nach Jimmys Tod war ich nach Aberdeen gezogen, weil ich es nicht mehr ertragen konnte, wie jeder von uns auf seine Weise darum rang, mit der Trauer fertigzuwerden. Wir versuchten, den Alltag so normal wie möglich zu bewältigen. Aber die Traurigkeit in den Augen meiner Eltern hatte ich irgendwann nicht mehr ausgehalten. Und als schließlich auch noch Dad starb, wurden meine Besuche zu Hause immer seltener.

Ich verlor mich in meinem Single-Leben und genoss das Vergnügen, das die Großstadt für mich bereithielt, in vollen Zügen. Eine Zeit lang hatte mich das alles wirklich auf andere Gedanken gebracht. Doch nun stand ich da wie ein Junkie auf Entzug, der sich der Tatsache bewusst wird, einen großen Fehler begangen zu haben.

Mein Blick streifte den kleinen Garten, der das Haus umgab. Im vorderen Bereich hatte Mum nicht nur Blumen wie Klatschmohn, Jasmin, Hortensien, Bartnelken, Petunien, Dahlien, Flieder und Sonnenbraut gepflanzt, sondern auch Kräuter wie Salbei und Lavendel, die für den typischen Geruch im Garten verantwortlich waren. Hinter dem Haus lag der sorgsam gepflegte Gemüsegarten, wo später im Jahr neben Kartoffeln, Möhren, Lauch und Kohlrabi auch Himbeeren, Holunder, Johannisbeeren und Rhabarber geerntet wurden.

Der Torbogen würde schon bald von Clematis in den buntesten Farben erstrahlen. Mums ganzer Stolz. Wie viel Zeit und Liebe sie doch in ihren Garten gesteckt hatte. Allein der Gedanke daran, dass sie sich nun nicht mehr an all ihren Blumen erfreuen konnte, stimmte mich traurig.

Der Wagen kühlte zunehmend aus. Anstatt hier herumzusitzen, sollte ich hineingehen und es hinter mich bringen. Schließlich wusste ich ganz genau, dass mich im Haus nur Leere und Stille erwartete. Sosehr ich mich auch dagegen sträubte, ich würde hineingehen und die Tatsache akzeptieren müssen, dass Mum nicht da war. Und nie wiederkommen würde.

Mein Handy vibrierte. Phoebe hatte mir eine Nachricht geschickt. Sie wollte wissen, ob ich gut angekommen wäre. Ich schickte ihr ein knappes »Ja« und legte das Gerät dann wieder auf den Beifahrersitz.

Besser wäre es wohl gewesen, wenn ich gar nicht darauf geantwortet hätte. Ich wollte Phoebe keine unnötigen Hoffnungen machen. Gleichzeitig wollte ich aber auch nicht, dass sie sich Sorgen um mich machte.

Die folgenden Minuten verbrachte ich damit, mehrmals tief ein- und wieder auszuatmen und schließlich Kraft und Energie dafür zu tanken, mich dem Unausweichlichen zu stellen. Schließlich hatte ich mir die folgenden zwei Wochen nicht freigenommen, um hier im Wagen vor meinem elterlichen Cottage zu sitzen und es von außen zu betrachten. Dafür blieb keine Zeit.

In den letzten Tagen hatte ich einen Entschluss gefasst, den ich zeitnah in die Tat würde umsetzen müssen.

Das Cottage war für mich nur ein Zuhause gewesen, solange darin Menschen wohnten, die mir nahestanden. Ich konnte mir nicht vorstellen, dauerhaft hier zu leben oder mich gar um das B&B zu kümmern. Allein die Vorstellung, glückliche Familien könnten hier ihren Urlaub verbringen und mich tagtäglich an das Leben erinnern, das ich verloren hatte, war grausam. Wie hatte Mum das in den letzten Jahren nur durchgestanden?

»Ich sollte dann wohl besser«, ermahnte ich mich selbst und versuchte mich dabei nicht daran zu erinnern, wie es in den vergangenen Jahren gewesen war, wenn ich einen meiner wenigen Ausflüge zu Mum ins Cottage gemacht hatte.

Kaum dass sie die Tür für mich öffnete, war mir auch schon der herrliche Duft von frisch gebackenem Kuchen entgegengeweht: Je nach Saison buk Mum Apfel-, Erdbeer- oder Johannisbeerkuchen für mich. Und auf jeden davon hatte ich mich gleichermaßen gefreut, konnte ich doch keinen Favoriten unter ihnen festmachen. Dafür waren sie einfach alle viel zu gut.

Im nächsten Moment ließ ich den Wagen hinter mir und steuerte den Torbogen an. Nur noch wenige Meter trennten mich von der Eingangstür. Mit jedem Schritt nahm die Unruhe in mir zu. Doch nach außen gab ich mich hart und entschlossen.

Als ich fast an meinem Ziel angekommen war, öffnete sich die Tür wie durch Zauberhand. Auch wenn ich es besser wissen sollte, hegte ich plötzlich die Hoffnung, dass alles nur ein riesiges Missverständnis gewesen wäre – die Nachricht von Mums Tod, die Erkenntnis, dass ich sie nie wiedersehen würde, und schließlich das Begräbnis.

»Hallo, Cailan, mein Junge. Ich dachte, ich komme vorbei und kümmere mich ein wenig um dich, während du hier bist. Das Haus ist trostlos so allein.«

Leonore war eine von Mums ältesten Freundinnen. Die beiden waren zusammen zur Schule gegangen und hatten viel Zeit miteinander verbracht. Leonore hatte nach Dads Tod, ohne mit der Wimper zu zucken, angeboten, ihr mit dem B&B zu helfen. Mum hätte nichts Besseres passieren können. Auf diese Weise war sie nicht allein gewesen. Ich war froh, dass wenigstens Leonore immer für sie da gewesen war.

Trotzdem musste es für sie schwer gewesen sein, von den vielen glücklichen Menschen umgeben zu sein, die bei ihr ihre Ferien verbracht hatten. Mir behagte allein der Gedanke schon nicht.

»Komm rein! Ich habe einen Apfelkuchen im Ofen. Er ist jeden Moment fertig. Das Rezept habe ich von deiner Mum.«

Und tatsächlich. Der Geruch, der aus dem Haus kam, erinnerte mich schlagartig an Mum und zugleich an alles, was ich für immer verloren hatte.

Kapitel 3

Lara

»Da liegt offenbar ein Fehler vor.«

Ich sah das Bedauern in den Augen der Frau, die mir an der Rezeption des Ghrian Castle gegenüberstand und bemüht lächelte. Es war offensichtlich, dass sie mir eine andere, hoffnungsvollere Antwort viel lieber gegeben hätte.

Gleichzeitig sah ich jedoch auch, wie ausweglos meine Situation damit war.

»Noch mal kurz, damit ich das richtig verstehe: Das Zimmer, das ich online gebucht habe, ist also nie in Ihr System eingegangen, obwohl ich eine Bestätigungsmail erhalten habe?«

Sie nickte und sah dabei noch mal im System nach.

»Ja, wie gesagt, ich kann mich nur dafür entschuldigen. Offenbar lag zum Zeitpunkt Ihrer Buchung ein technischer Fehler vor. Anders kann ich mir diesen Umstand nicht erklären. Es tut mir wirklich schrecklich leid.«

Jedes ihrer Worte klang mitfühlend und bedauernd. Aufgrund meiner eigenen Tätigkeit an der Rezeption eines Hotels konnte ich mich gut in sie hineinfühlen. Das war einer der Momente, den man nur ungern erleben wollte.

Dummerweise waren wir mittlerweile so sehr an die technischen Errungenschaften unserer Zeit gebunden, dass uns gar keine andere Wahl blieb, als diesen ein gewisses Maß an Vertrauen entgegenzubringen. Die wenigsten Menschen buchten heutzutage noch per Telefon. Rund achtzig Prozent der Reservierungen kamen im Hotel Rehlein in Würzburg, in dem ich arbeitete, per E-Mail oder Onlinebuchung rein.

»Nun gut. An der Tatsache lässt sich offenbar nichts mehr ändern. Dann würde ich gerne direkt hier bei Ihnen ein Zimmer buchen.«

Lächelnd signalisierte ich der Mittvierzigerin mit dem roten Bob und den grünen Augen, dass ich ihr nicht böse war und keinen Groll gegen sie persönlich hegte. Ich konnte mich nur zu gut in sie hineinversetzen. All die Beschimpfungen, die ich in der Vergangenheit in meinem Job hatte hinnehmen müssen, konnte ich schon gar nicht mehr zählen.

Das Lächeln erstarb bei meinen Worten auf ihren Lippen.

»Nun, Ms Weigel, was das anbelangt, muss ich Ihnen leider sagen, dass wir bis auf Weiteres ausgebucht sind.«

»Ausgebucht?«, wiederholte ich ihre Worte, einer Ohnmacht nahe.

Ghrian Castle war das einzige Hotel am Clachtoll Beach. Und meine Anreise hatte so lange gedauert, dass ich mir nichts sehnlicher wünschte, als hier endlich ankommen und mich aufs Ohr legen zu können. Dabei hatte die eigentliche Flugzeit nur ungefähr vier Stunden betragen. Ein Direktflug nach Inverness war ab Frankfurt allerdings nicht möglich gewesen, sodass ich rund drei Stunden am Flughafen London Heathrow hatte totschlagen müssen. Und das größtenteils ohne Sitzplatz. Von der ausgewiesenen GoogleMaps-Route vom Flughafen zum Hotel, die rund zwei Stunden dauern sollte und für die der Bus letztlich dreieinhalb benötigt hatte, wollte ich gar nicht erst anfangen.

»Ja, restlos. Leider. In den kommenden Tagen findet das alljährliche landesweite Angelturnier statt. In diesem Zeitraum sind die Zimmer meist schon gleich zu Jahresbeginn nach Bekanntgabe der Termine ausgebucht.«

»Das ist jetzt wirklich … problematisch. Denn ich habe keinen eigenen Wagen, und die Gegend, so schön sie sicher sein mag, bietet wenig andere Alternativen.«

Das war noch beschönigend ausgedrückt. Soweit ich das bei meiner Planung gesehen hatte, gab es in der Umgebung von rund dreißig Meilen kein anderes Hotel. Schon ärgerte ich mich darüber, dass ich mir für meinen ersten Urlaub ohne Marvin einen weißen Sandstrand hatte gönnen wollen. Weißen Sandstrand gab es in Hülle und Fülle in der Karibik. Vielleicht hätte ich besser dorthin reisen sollen. Einen Langstreckenflug mit Hotel hatte mein Budget allerdings nicht hergegeben. Also hatte ich mich nach reichlicher Recherche für Clachtoll Beach entschieden.

»Da haben Sie leider recht«, bestätigte mir die Rezeptionistin.

»Fährt denn heute Abend wenigstens noch ein Bus? Egal, wohin.«

Mittlerweile war es bereits kurz nach zwanzig Uhr. Ich war seit heute Morgen um sieben Uhr auf den Beinen, hatte kaum etwas gegessen und fühlte mich so übermüdet, als hätte ich tatsächlich einen Langstreckenflug hinter mich gebracht.

»Leider nein«, erklärte sie mir bedauernd und schüttelte zur Untermalung ihrer Worte mit dem Kopf.

»Ich bin also hier … gestrandet?«, hakte ich abermals leicht panisch nach.

In meiner Beziehung mit Marvin hatte er sich meist um unsere Urlaubsbuchungen gekümmert. Überhaupt hatte er alles Organisatorische an sich gerissen und mir mitunter mehrfach erklärt, dass er mir nicht zutraute, dass ich genauso gewissenhaft vorgehen würde wie er.

Mit ein Grund, warum ich diesen Urlaub gebucht hatte. Als Trotzreaktion. Schließlich wollte ich ihm und mir – ganz besonders mir – zeigen, wie gut ich doch ohne diesen aufgeblasenen Gockel klarkam.

Nun feststellen zu müssen, dass ich gnadenlos gescheitert war, wirkte sich nicht unbedingt positiv auf mein Selbstbewusstsein aus. Ganz im Gegenteil. Ich war fast so weit, Marvin recht zu geben. Aber nur fast. Die vorübergehende Schwäche schob ich ausschließlich darauf, dass ich kurz davorstand, im Stehen einzuschlafen. Wenn Meghan, so der

Name auf dem Schild der Rezeptionistin, mir keine andere Option nennen konnte, würde es vermutlich auch dazu kommen.

»Es sieht ganz danach aus. Ja. Auf dem Campingplatz am Strand ist leider auch bereits alles dicht. Das weiß ich aus sicherer Quelle. Mein Mann ist der Eigentümer, müssen Sie wissen.«

»Ich verstehe«, erwiderte ich, einem Nervenzusammenbruch nahe.

Was sollte ich denn jetzt nur tun? Der Befreiungsschlag, mit dem ich mich ein für alle Mal aus meiner toxischen Beziehung zu Marvin lösen wollte, war gewaltig nach hinten losgegangen. Anstatt meine Selbstständigkeit zu feiern und mein inneres Gleichgewicht zurückzuerlangen, stand ich ohne Bett für die Nacht da. Was wollte mir das Schicksal damit bitte schön sagen?

Just in diesem Moment klingelte auch noch mein Handy. Meine Mutter.

»Entschuldigen Sie mich bitte kurz«, sagte ich zu Meghan und nahm das Gespräch entgegen.

»Hallo, Mama, wie geht's dir?«, fragte ich, während ich mich darum bemühte, mir nicht anmerken zu lassen, wie sehr mich die eben erhaltenen Informationen aufwühlten.

»Wie soll es mir schon gehen? Der Augenarzt hat festgestellt, dass ich unter Altersweitsicht leide. Kannst du dir das vorstellen? Ich bin doch gerade einmal sechzig Jahre alt.

Was soll ich in diesem Leben denn noch alles durchstehen? Seit dein Vater mich damals verlassen hat, ist kaum ein Tag vergangen, an dem ich nicht irgendein Debakel ertragen musste.«

Meine Mutter war wohl der pessimistischste Mensch, den ich kannte. Ich hätte es besser wissen müssen und den Anruf nicht entgegennehmen sollen. Denn nun würde mir ihre schlechte Laune die letzte Energie rauben, die mir noch geblieben war.

»Das tut mir total leid«, sagte ich dennoch.

Ihr vor Augen zu führen, dass ihre Situation keinesfalls besonders außergewöhnlich oder gar bedauernswert war, brachte nichts. Damit hatte ich in den letzten zwanzig Jahren, seit der Trennung meiner Eltern, so meine Erfahrungen gemacht.

Dabei war es mir immer darum gegangen, zwischen meinen Eltern zu vermitteln und für beide da zu sein. Während mein Vater sich jedoch nie selbst bei mir meldete und meine Anrufe, wenn er sie denn mal annahm, nach kurzem Hin und Her gleich wieder beendete, kaute mir meine Mutter regelmäßig ein Ohr ab. Das einzig Gute daran war, dass meist sie bei mir anrief. Das war aber auch schon alles.

»So, es tut dir also leid. Nun, davon kann ich mir leider auch nichts kaufen. Weißt du, wie diese Gleitsichtbrillen ausschauen? Scheußlich, sag ich dir. Wie soll ich damit denn unter die Leute gehen? Ich kann mich so gar nicht mit dieser Tatsache abfinden.«

Weil sie ohnehin Probleme damit hatte, anzuerkennen, dass sie mittlerweile ein gewisses Alter erreicht hatte. Das lag womöglich daran, dass sie viel zu sehr in der Vergangenheit lebte. Und da ganz besonders in der Zeit, als mein Vater sich von ihr trennte. Diesen Schock hatte sie Zeit ihres Lebens nicht verwunden. Und gleichzeitig hatte sie seither irgendwie auch aufgehört, Freude zu empfinden.

»Das kann ich gut verstehen.«

Ein abfälliges Schnauben war in der Leitung zu hören.

»Sei mir nicht böse, Liebes, aber du kannst nicht annähernd nachvollziehen, wie ich mich fühle.«

Egal, um welches Thema es sich handelte, in jedem Gespräch, das ich mit meiner Mutter führte, kam es irgendwann zu dem Punkt, an dem sie mir erklärte, dass ich ohnehin nichts machen und nicht verstehen konnte, wie es in ihrem Inneren aussah.

Für gewöhnlich hörte ich darüber hinweg und gab ihr die Gelegenheit, ihren Frust und all den Ballast bei mir abzuladen. Schließlich hatte sie niemanden sonst, an den sie sich wenden konnte.

Meine Tanten hatten ihr schon vor langer Zeit gesagt, dass sie sie mit ihren Jammeranrufen in Ruhe lassen sollte. Einen Partner hatte sie immer nur zeitweise gehabt, die Beziehungen waren nie von Dauer. Die meisten nahmen schnell wieder Reißaus, wenn sie feststellten, dass sie den lieben langen Tag damit verbrachte, sich selbst zu bemitleiden. Ich war also ihre einzige Anlaufstelle in allen Lebenslagen.

»Vermutlich hast du recht«, beeilte ich mich zu sagen.

Nichts war anstrengender und nervenaufreibender als eine Grundsatzdiskussion mit meiner Mutter. Da verbrachte ich sogar die Nacht lieber im Stehen oder unter freiem Sternenhimmel am Strand. Diese Möglichkeit hätte ich in Erwägung gezogen, wären die Nächte im Mai nur nicht mehr ganz so kalt.

»So, jetzt muss ich aber weiter«, sagte sie schon im nächsten Moment und beendete das Gespräch ohne Ankündigung.

Natürlich hatte sie auch in diesem Telefonat nicht danach gefragt, wie es mir ging. Dabei hätte ich in meiner momentanen Situation durchaus jemanden gebraucht, der mir mit Rat und Tat zur Seite stehen konnte.

Meine beste Freundin Anna war erst vor wenigen Wochen zu einem Sabbatical in Neuseeland aufgebrochen. Ich hatte keine Ahnung, wie viel Uhr es dort gerade war. Aber Anna würde mir auch nicht wirklich helfen können, wenn sie nicht gerade schlief.

Nein, dieser Herausforderung musste ich mich allein stellen.

Seufzend steckte ich mein Handy zurück in meine Handtasche und versuchte die mir verbliebenen Optionen durchzugehen. Wirklich viele waren es nicht mehr, sodass ich abermals seufzte.

»Ms Weigel? Entschuldigen Sie bitte«, machte Meghan auf sich aufmerksam und säte damit gleichzeitig den Keim der Hoffnung in mir.

»Ja?«

»Nicht weit von hier gibt es ein kleines B&B, das familiengeführt ist. Sophie MacLeod, die Inhaberin, ist vor Kurzem gestorben. Aber eine Bekannte hat mir heute erst erzählt, dass ihr Sohn gekommen ist, um sich um alles zu kümmern.«

Ein B&B hatte nicht annähernd so viele Annehmlichkeiten zu bieten wie das Hotel, das ich gebucht hatte. Aber es würde mir für die Nacht ein Dach über dem Kopf und ein Bett bescheren. Und mehr brauchte ich für den Moment auch gar nicht.

»Haben Sie eine Telefonnummer für mich?«, bat ich schließlich.

Meghan reichte mir einen Zettel mit einer handschriftlich notierten Nummer und einer Adresse darauf.

»Ich habe bereits dort angerufen. Es geht keiner ran. Vielleicht gibt es Probleme mit dem Netz«, räumte sie ein.

Dankend nahm ich den Zettel entgegen.

»Sind die nicht auch ausgebucht? Wegen des Anglerturniers, meine ich.«

Meghan schüttelte den Kopf.

»Cailan, Sophies Sohn, hat nach dem Tod seiner Mutter alle Buchungen storniert. Das weiß ich aus sicherer Quelle. Einige Gäste des B&Bs haben im Anschluss daran nämlich hier bei uns angerufen und nach einem Zimmer gefragt. Vermutlich hat er im Moment überhaupt keine Übernachtungsgäste.«

Das war ein Punkt, der mich hoffen ließ.

»Dann versuche ich dort mal mein Glück. Danke. Ist das B&B fußläufig erreichbar?«, fragte ich und griff dabei nach dem Henkel meines Reisekoffers.

Meghan nickte.

»Ja, es sind rund zwanzig Minuten zu Fuß. Der Weg ist gut beleuchtet. Das ist kein Problem. Ein Taxi zu bestellen, würde ich nicht empfehlen. Das benötigt allein für die Anfahrt rund fünfzehn Minuten. Da sind Sie fast schon an Ihrem Ziel angelangt.«

Meghans Worte schwirrten mir knapp eineinhalb Stunden später immer noch wie ein Mantra durch den Kopf.

Nach ihren Angaben hätte ich bereits vor über einer Stunde an besagtem B&B ankommen müssen. Dass der direkte Weg allerdings wegen einer Baustelle für Autos und

Fußgänger gleichermaßen gesperrt war, wusste Meghan offenbar nicht.

Aufgrund des Hindernisses auf meinem ursprünglichen Weg musste ich eine Ausweichroute einschlagen und an der Küste entlanglaufen, was ein enormer Umweg war.

Und auf besagtem Umweg lief ich jetzt nun etwas mehr als eineinhalb Stunden. Laut GoogleMaps hätte meine Ankunftszeit in knapp zehn Minuten sein sollen. Leider hatte sich in der Zwischenzeit jedoch mein Handy verabschiedet. Der Akku war aufgebraucht gewesen.

Marvin hätte sicher eine Powerbank im Handgepäck dabeigehabt. Aber Marvin war nicht hier, und er würde nie wieder mit mir Urlaub machen.

Zwischen dem Bedürfnis, auf die Knie zu sinken und über mein Schicksal zu lamentieren, und dem Wunsch, endlich irgendwo anzukommen, schleppte ich mich Meter für Meter in Richtung des B&Bs.

Nur gut, dass ich mir die Strecke vor dem selbstständigen Abschalten meines Handys eingeprägt hatte.

Denn leider gab es hier doch keine wirkliche Beleuchtung. So stakste ich mehr oder minder blind durch die Gegend und hoffte dabei nur, nicht gleich die Küstenfelsen hinunterzufallen. Der Vollmond war mein einziger Wegbegleiter.

Meine Füße taten so weh, dass ich am liebsten barfuß weitergegangen wäre. Nach weiteren zehn Minuten erreichte ich ein Haus, das hier in Schottland wohl als Cottage bezeichnet wurde. Trotz der schlechten Sichtverhältnisse konnte ich das typischerweise mit Stroh gedeckte Dach erkennen.

Am Eingang des Vorgartens befand sich ein runder von Pflanzen umrankter Torbogen. Ein wenig verunsichert darüber, dass im ganzen Haus kein Licht brannte, drückte ich die Türklinke des Gartentores herunter und lief mit meinem Rollkoffer, der auf dem schmalen mit Steinplatten ausgelegten Weg einen Höllenlärm verursachte, auf die Haustür zu.

Allerdings konnte ich keine Klingel finden, also klopfte ich stattdessen. Erst ein Mal, und das recht zaghaft. Als daraufhin allerdings nichts geschah, hämmerte ich vehementer gegen die Tür und rief:

»Mr MacLeod? Sind Sie da?«

Zunächst passierte rein gar nichts, und ich sah mich schon hier im Vorgarten des B&Bs übernachten, weil ich heute unmöglich auch nur noch einen weiteren Schritt laufen konnte. Erst nach weiterem Klopfen ging schließlich ein Licht im Haus an und polternde Schritte waren auf der Treppe zu hören.

Erleichtert nahm ich das Geräusch wahr. Nun würde alles gut werden. Ich würde ein Bett für die Nacht bekommen und konnte mich dann morgen in aller Ruhe umschauen, wo ich eine Alternative zu dem schönen Hotel direkt am Clachtoll Beach finden konnte.

Mit einem harschen »Wissen Sie eigentlich, wie spät es ist?« öffnete mir ein Mann mit einem Dreitagebart die Tür.

Ich zuckte erschrocken zurück, hatte ich doch nicht mit so viel Ablehnung gerechnet. In meiner Vorstellung war das hier vergleichbar mit dem gelobten Land. Wie ein Kreuzritter hatte ich mich voller Zuversicht und Dankbarkeit auf den Weg hierher gemacht, nur um nun feststellen zu müssen, dass mein Besuch gar nicht erwünscht war.

»Entschuldigen Sie, Mr MacLeod, Meghan aus dem Ghrian Castle hat mir Ihre Adresse gegeben. Aufgrund eines technischen Problems ist meine Buchung in dem Hotel aus dem System geflogen. Ich habe kein Bett für die Nacht, und Meghan hat versucht, hier anzurufen und zu fragen, ob Sie mir helfen könnten.«

Auf der Stirn meines Gegenübers hatte sich eine tiefe Furche gebildet. Aus zusammengekniffenen Augen blickte er mich prüfend an.

»Nein«, erwiderte er schließlich nach einer halben Ewigkeit.

»Nein? Ich verstehe nicht …«

»Nein, ich kann Ihnen nicht helfen«, behauptete er. »Das B&B ist im Moment geschlossen. Ich bin nur hier, um die Formalien zu klären und es zu verkaufen. Es sind keine Gäste im Haus. Das hätte Meghan eigentlich wissen müssen«, meinte er.

»Sie war wohl davon ausgegangen, dass Sie gekommen sind, um das B&B zu übernehmen«, nahm ich sie in Schutz.

Woraufhin mein Gegenüber höhnisch auflachte.

»Ich arbeite in Aberdeen als ITler. Das B&B hat meinen Eltern gehört. Ich kann damit rein gar nichts anfangen. Für mich ist das nichts«, sagte er und klang dabei, als würde er sich vor mir rechtfertigen wollen.

»Aufgrund eines Angelturniers gibt es kein Zimmer mehr im Ghrian Castle. Auch der Campingplatz ist voll. Wenn ich heute Nacht nicht bei Ihnen unterkomme, muss ich unter freiem Sternenhimmel schlafen.«

Mr MacLeod verschränkte die Arme vor der Brust und lehnte sich am Türrahmen an. In dem Licht, das aus dem Cottage auf den Vorplatz herausschien, machte er keine schlechte Figur. Im Gegenteil, mit seinem kantigen Gesicht, den dunklen wirren Haaren, den amüsiert dreinblickenden blauen Augen und dem angedeuteten Dreitagebart sah er verdammt gut aus. Schade, dass er dafür umso unfreundlicher war.

»Es gibt kaum wilde Tiere hier in der Gegend. Die Nächte sind milder als noch vor ein paar Wochen. Eine Nacht da draußen würde Sie nicht umbringen«, stellte er mit süffisantem Lächeln fest.

»Heißt das also, dass Sie mich abweisen wollen?«, schlussfolgerte ich ungläubig.

»Wie gesagt, das B&B ist aktuell nicht geöffnet«, erklärte er.

»Aber Sie haben doch sicher ein Zimmer, das ich mieten könnte. Gleich morgen suche ich nach einer Alternative. Versprochen. Sie werden nicht mal merken, dass ich da bin«, flehte ich regelrecht.

Doch Mr MacLeod begann abermals zu lachen.

»Im Umkreis von rund fünfzig Meilen gibt es kein verfügbares Bett mehr. Das kann ich Ihnen garantieren.«

»Ach so?«, hakte ich ungläubig nach.

Das veränderte natürlich alles. Auf diese Weise würde ich nicht mehr am Clachtoll Beach Urlaub machen können. Dabei hatte ich mich doch so sehr auf den weißen Sandstrand gefreut.

Und nicht nur das: Diese Reise sollte beweisen, dass ich super allein klarkam und auf niemanden angewiesen war. Marvin hatte bis zuletzt behauptet, dass ich zu sehr klammern würde und allein kaum überlebensfähig wäre.

Nun hatte ich meinen ganzen Mut zusammengenommen und wurde auf diese Weise belohnt. Das konnte doch nicht wahr sein.

»Wenn das dann alles war …«, sagte Mr MacLeod und wollte mir bereits die Tür vor der Nase zuschlagen.

Blitzschnell schob ich meinen Fuß in die Tür.

»Warten Sie! Ich zahle Ihnen auch das Doppelte des normalen Preises. Bitte, Mr MacLeod, haben Sie ein Herz! Sie werden gar nicht mitbekommen, dass ich da bin«, wiederholte ich mich abermals in der Hoffnung, ihn auf diese Weise von seiner Meinung abzubekommen.

Warum war der Mann denn nur so starrköpfig? Ich würde ihm doch keine weiteren Unannehmlichkeiten bereiten. Was musste ich denn noch tun, um sein stures schottisches Herz zu erweichen?

»Wie gesagt …«, ließ er mich abermals abblitzen.

»Ist das Ihr letztes Wort? Sie weisen mich also ab und überlassen mich mir selbst?«

»Sieht ganz danach aus.« Er blieb beharrlich und blickte dabei auf meinen Fuß, der sich noch immer auf der Schwelle befand.

Doch wenn er glaubte, dass ich kampflos aufgeben würde, dann hatte er sich gewaltig geschnitten. Dies hier war meine letzte verbliebene Option.

»Bitte!«, flehte ich. »Ich tue auch alles, was Sie von mir verlangen.« Dramatisch warf ich alles in die Waagschale, was mir noch einfiel.

»Wirklich alles?«, hakte er nach und scannte daraufhin ziemlich offen meinen Körper.

Doch im Gegensatz zu Marvin, der mich noch vor wenigen Tagen mit einem ganz ähnlichen Blick bedacht hatte, schien der Fremde Gefallen zu finden an dem, was er sah.

Auch wenn mich diese Tatsache auf eine bestimmte Art und Weise erfreute – ohne dass ich dies gegenüber diesem herzlosen Schotten je zugegeben hätte –, zog ich meinen Sommermantel, in dem ich mittlerweile ziemlich fror, vor meinem Körper zusammen und versperrte ihm damit die Aussicht.

»Es gibt Grenzen, Mr MacLeod«, appellierte ich an seine hoffentlich existenten Moralvorstellungen.

»Auch, wenn es um ein Bett für die Nacht geht?«, fragte er mit leicht nach oben gezogenen Mundwinkeln.

Offensichtlich schien ihn unsere Unterhaltung in gewisser Hinsicht zu amüsieren. Wenigstens einer, der seinen Spaß hatte. Ich war stattdessen mittlerweile schon überzeugt, dass es ein Fehler gewesen war, hierherzukommen.

Ich hätte es besser wissen müssen. Als die Straße, die Meghan mir genannt hatte, um zum B&B zu gelangen, gesperrt war, hätte ich umkehren und mir ein Taxi nach Inverness kommen lassen sollen. Doch dafür war es mittlerweile zu spät. Heute flog keine Maschine mehr nach Hause. Ich war in Schottland gestrandet. Wohlgemerkt ohne Dach über dem Kopf. Und ohne Aussicht auf Besserung.

»Ich könnte Ihnen mit dem Verkauf des B&Bs helfen.« Irgendwie musste ich das Gespräch in Gang halten. Fieberhaft überlegte ich, wie ich ihn überzeugen sollte, dass er mich auf keinen Fall wegschicken durfte.

»Ach ja? Und wie sollten Sie mir helfen können?« Mein Gegenüber runzelte die Stirn. Das war gut, ich hatte ihn am Angelhaken. Jetzt unbedingt dranbleiben!

»Ich arbeite selbst in einem Hotel in Deutschland und kümmere mich dort um die Rezeption und das Marketing. Social Media ist in unserem Metier mittlerweile unerlässlich. Sind Sie auf den üblichen Plattformen denn bereits vertreten?«

»Bisher war das nicht nötig«, räumte er ein und schien dabei zu überlegen, ob ihm mein Angebot zusagte.

»Sie können sich gar nicht vorstellen, was ein paar ansprechende Bilder auf Instagram ausrichten können.«

Meine Hände steckten beide in den Manteltaschen. Ich drückte mir wie bekloppt selbst die Daumen, während er mich nach wie vor ansah und nichts sagte.

»Also schön.«

Puh. Ich musste mich zusammenreißen, um meinen Seufzer der Erleichterung zu unterdrücken. Hatte ich es geschafft?

»Eine Nacht. Nicht länger. Und sobald Sie mir morgen früh alles eingerichtet haben, reisen Sie wieder ab. Meinetwegen können Sie in diesem B&B gern wieder Urlaub machen, aber erst, wenn es verkauft und damit wieder geöffnet ist. Haben wir uns verstanden?«

Mr MacLeod klang so bestimmt, dass ich heftig mit dem Kopf nickte, um ihm zu signalisieren, dass er die richtige Entscheidung getroffen hatte.

»Vielen Dank. Sie werden es nicht bereuen«, beteuerte ich.

»Das wird sich noch zeigen«, erwiderte er weniger überzeugt, öffnete mir dabei jedoch so weit die Tür, dass ich hineingehen konnte.

Uff! Nach diesen harten Verhandlungen hatte ich mir mein Bett für diese Nacht aber mehr als verdient.

Kapitel 4

Cailan

»Ich hoffe, es geht dir gut, Cailan. Falls du irgendetwas benötigst, melde dich gerne bei mir. Zu jeder Zeit.«

Phoebe konnte es einfach nicht lassen. Vielleicht sollte ich nach meiner Rückkehr nach Aberdeen ein klärendes Gespräch mit ihr führen. Denn auch wenn sie mir gegenüber behauptet hatte, dass ihr unsere gemeinsame Nacht nicht wichtig gewesen wäre, suchte sie nach wie vor den Kontakt zu mir. Weitaus mehr, als es vor besagter Nacht der Fall gewesen war.

Verschlafen setzte ich mich in meinem Bett aufrecht hin und legte das Handy zur Seite. Wenn der Tag schon mit Problemen begann, wollte ich mir erst gar nicht ausmalen, wie er weitergehen würde.

Prompt musste ich an Lara Weigel denken, meinen unfreiwilligen Gast für die Nacht. Egal, was ich gesagt oder wie abweisend ich mich ihr gegenüber auch gezeigt hatte, sie hatte wie eine Löwin gekämpft und letztlich sogar bekommen, was sie wollte. Dabei hatte ich mir fest vorgenommen, keine Gäste aufzunehmen, während ich einen Käufer für das B&B suchte.

Die Vorstellung, ich könnte in Mums Fußstapfen treten, war vollkommen abwegig. Das hier war ihr Ding gewesen.

Nicht meins. Sommerferienstimmung, Kinderlachen, glückliche Familien am Frühstückstisch – das lag hinter mir. Ebenso wie die heile Welt, in die ich hineingeboren worden war.

Das B&B und Clachtoll mit seinem wunderschönen Strand, den Küstenvorsprüngen und der meist noch unberührten Natur, überhaupt die ganze Grafschaft Sutherland waren meine Heimat. Hier hatte ich mit meinem Dad stundenlang mit einem Boot mucksmäuschenstill auf dem Loch Assynt gesessen und Fische geangelt, während ich darauf wartete, dass uns ein naher Verwandter von Nessi ins Netz ging.

All meine Erfahrung und der größte Teil von dem, was mich heute ausmachte, hatte ich hier in den Highlands mit auf den Weg bekommen. Hier war ich aufgewachsen, auch wenn ich mich jetzt mehr zu den Aberdeenern zählte. So war es besser für mich.

Mit einem Satz kam ich auf die Füße und ging zum Fenster, als ich Leonore unten im Garten stehen sah. Nichts Außergewöhnliches. Sicher wollte sie nur nach dem Rechten schauen und mir ein Frühstück richten. Es war ihr nicht auszureden gewesen, sich um mich zu kümmern. Ganz im Gegenteil.

Leonore war der Ansicht, dass Mum es ihr krummgenommen hätte, wenn sie sich nicht meiner annahm. Dass ich bereits das dreißigste Lebensjahr überschritten hatte, ließ sie als Beweis dafür, dass ich mich selbst versorgen könnte, nicht gelten.

Ein Schmunzeln sprang mir auf die Lippen. Es hatte keinen Zweck, sich Leonore zu widersetzen, wenn sie sich etwas in den Kopf gesetzt hatte. Das war offensichtlich.

Ich wollte gerade ins Bad gehen, um mich fertig zu machen, als mir auffiel, dass Leonore nicht allein war. Sie sprach mit jemandem, der hinter dem Rosenbusch versteckt war. So konnte ich nicht sehen, um wen es sich dabei handelte.

Vorsichtig öffnete ich das Holzfenster und hoffte dabei inständig darauf, dass es nicht quietschen würde, da es mich in der Vergangenheit des Öfteren verraten hatte. Dieses Mal hatte ich Glück. Kein Laut war zu hören.

Dafür konnte ich feststellen, dass es sich bei Leonores Gesprächspartner um eine Frau handelte. Nach einigen weiteren Worten wusste ich schließlich ganz genau, mit wem sie sich da so angeregt unterhielt. Als die beiden Damen auch noch zu lachen begannen, verschob ich mein Date mit der Dusche, schnappte mir meinen Bademantel und legte einen Zwischenstopp im Garten ein.

»Guten Morgen«, begrüßte mich Leonore mit einem strahlenden Lächeln auf den Lippen, kaum dass ich bei den beiden angekommen war.

»Guten Morgen«, erwiderte ich der Höflichkeit halber, auch wenn ich am liebsten gleich richtiggestellt hätte, was mich dazu bewogen hatte, Lara Weigel im B&B aufzunehmen, obwohl ich Leonore versichert hatte, dass ich keine Gäste im Cottage einziehen lassen wollte, solange ich noch der Besitzer war.

Dass ich mich schon am ersten Tag nach meiner Ankunft dafür rechtfertigen müssen würde, warum ich doch ein Zimmer vermietet hatte, war mit ein Grund dafür gewesen, warum ich Lara Weigel so vehement abgeblockt hatte.

»Du hast Mrs Weigel schon kennengelernt?«, fragte ich vorsichtig, um abzuschätzen, wie viel Leonore bereits wusste und welche Schlüsse sie daraus gezogen hatte.

Sie lächelte in Laras Richtung. Diese bekam augenblicklich rote Wangen. Offenbar erinnerte sie sich just in diesem Moment daran, dass sie mir mehrfach zugesichert hatte, nicht weiter aufzufallen. Nun, dieser Schuss war wohl gewaltig nach hinten losgegangen.

»Ja, ich wollte gerade ins Haus gehen, um dir ein ordentliches Frühstück zuzubereiten, als sie mir hier draußen auffiel.«

Es gab einen Grund, warum ich Frühaufsteher nicht leiden konnte. Sie verursachten ständig Probleme.

»Der Garten sah in der Morgensonne ganz verzaubert aus. Ich habe ein paar Fotos gemacht. Das war ja unser Deal, ich sollte mich um den Social-Media-Auftritt für das B&B kümmern«, warf Lara entschuldigend ein.

»Nun, ich habe es mir anders überlegt. Das mit den sozialen Netzwerken wird nicht nötig sein. Sicher werde ich auch anderweitig einen potenziellen Käufer für die Immobilie finden. Machen Sie sich darüber mal keine Sorgen, Mrs Weigel. Wie sagt man doch so schön: Reisende soll man nicht aufhalten.«

Noch deutlicher konnte ich ihr vor Leonore nicht sagen, wie sehr ich darauf erpicht war, dass sie augenblicklich ihren Koffer packte und von hier verschwand.

»Aber, aber, du wirst Mrs Weigel doch nicht ohne ein vernünftiges Frühstück aufbrechen lassen wollen! Schon deine Mum hat immer gesagt, dass das Frühstück die wichtigste Mahlzeit des Tages ist.«

Leonore schien fest entschlossen, Lara erst dann ziehen zu lassen, wenn sie sich gebührend um sie gekümmert hatte.

»Das wäre sehr freundlich. Leider gibt es hier – trotz ausgiebiger Recherche in der näheren Umgebung – keine andere Unterkunft «, sagte Mrs Weigel entschuldigend.

»Nun ja, Sie werden sicher noch etwas finden«, sagte ich und versuchte ihr auf diese Weise klarzumachen, dass es sich hierbei nicht um mein Problem handelte.

»Das kommt ja überhaupt nicht infrage. Wir haben hier ein wunderschönes B&B in bester Lage unweit des Strandes. Mrs Weigel wollte in dieser Region Urlaub machen, und wenn ich das richtig verstanden habe, wurde ihr das gebuchte Zimmer in Ghrian Castle aufgrund eines dortigen internen Fehlers nicht gegeben. Also werden wir alles in unserer Macht Stehende tun, um ihr ein paar unbeschwerte Tage in den Highlands zu ermöglichen. Deine Mum hätte genauso gehandelt. Und das weißt du auch, Cailan.«

Bei Leonores Worten schloss ich für einen Moment die Lider. Ich wusste, dass sie recht damit hatte, dass Mum es sich zur Aufgabe gemacht hätte, Lara bei sich aufzunehmen und sich um sie zu sorgen. Ihre ganz besondere Gastfreundschaft hatte dieses B&B ausgemacht, die offene Herzlichkeit war der Grund für die meisten Gäste, immer wiederzukommen. Sommer für Sommer. Jahr für Jahr.

Als ich die anstehenden Buchungen stornieren musste, hatte ich nach dem dritten Gespräch aufgehört, den wahren Grund für meinen Anruf zu nennen. Ich hatte es einfach nicht mehr ausgehalten, wie die Leute mir daraufhin ihr Beileid bekundeten, wie sie dann gleich ins Schwärmen verfielen, wenn sie von ihren Aufenthalten in unserem B&B zu erzählen begannen.

Sie hatten es nur gut gemeint, aber auch vermeintlich schöne Erinnerungen konnten bei einem Gegenüber eine Art Beklemmung auslösen. So wie das bei mir während dieser Telefonate der Fall gewesen war.

Leonore schaute mich erwartungsvoll an, während Lara es nicht wagte, den Blick zu heben. Offenbar war ihr die Situation unangenehm. Willkommen im Club! Mir ging es nicht anders. Was blieb mir nun anderes übrig, als nachzugeben?

Schließlich war Leonore eine der ältesten Freundinnen meiner Mum. Ich konnte sie nicht vor den Kopf stoßen, ohne dabei nach meinem Tod direkt im Fegefeuer zu landen.

»Nun, ich denke …«, begann ich zu sprechen, »… das Beste wird sein, wenn Sie noch ein paar Tage bei uns bleiben«, presste ich schließlich eher widerwillig über die Lippen.

Doch Leonore schien davon nichts mitzubekommen.

Zufrieden klatschte sie in die Hände. Seit dem Tod meines Dads hatte sie Mum tatkräftig unter die Arme gegriffen und vor allem in der Küche des B&Bs gestanden, um die Gäste kulinarisch zu verwöhnen. Mum hatte sich um alles Organisatorische und vor allem die Gäste gekümmert. Ein Umstand, den ich bis heute nicht wirklich nachvollziehen konnte. Aber sei es drum.

»Dann will ich mal ins Haus gehen und das Frühstück zubereiten«, sagte Leonore voller Tatendrang und war im nächsten Augenblick im Cottage verschwunden.

So schnell, dass ich mich fragte, ob sie wirklich schon zweiundsiebzig Jahre alt sein konnte.

»Es tut mir leid, sie hat mich sofort in ein Gespräch verwickelt. Ich war …«, meinte Lara, kurz nachdem die Tür ins Schloss gefallen war und wir somit ungestört reden konnten.

Abwehrend hob ich eine Hand in die Höhe, woraufhin sie sofort verstummte.

»Leonore ist die beste Freundin meiner verstorbenen Mutter. Ich könnte ihr nie eine Bitte abschlagen oder gegen ihren Ratschlag handeln. Das scheint heute Ihr Glückstag zu sein, Mrs Weigel.« Ich seufzte.

»Ms«, erwiderte sie.

»Wie bitte?«

»Ich bin nicht verheiratet«, erklärte sie schließlich.

Augenblicklich regte sich hinsichtlich ihrer Aussage etwas in mir. Dabei konnte ich mit Gewissheit gar nicht sagen, warum mich diese Worte so trafen. Schließlich konnte sie immer noch einen Freund haben. Ferner war ich nicht im Mindesten an ihr interessiert. Ganz im Gegenteil.

Wenn es nach mir gegangen wäre, säße sie längst schon im Zimmer eines anderen B&Bs. Dann würde ich auch nicht länger darüber nachdenken, was ihre Worte in mir anrichteten und warum das so war.

»Dann sind Sie eben nicht verheiratet. Das ändert nichts an der Tatsache, dass ich Sie noch vor dem Frühstück vor die Tür gesetzt hätte, wenn Sie in Leonore nicht so eine starke Fürsprecherin gefunden hätten. Ich hoffe, Sie sind sich im Klaren darüber und schließen die alte Frau von nun in Ihr Nachtgebet mit ein.«

Kapitel 5

Lara

Meine morgendliche Yoga-Routine gelang mir heute nicht so gut. Während ich versuchte, die Position des Baumes einzunehmen, musste ich immer wieder an Cailan MacLeods harsche Worte denken.

Seit wir uns kannten, hatte er etwas gegen mich. Dabei konnte ich gar nicht mit Gewissheit sagen, woran das lag. Schließlich hatte ich mich ihm gegenüber nie danebenbenommen. Ganz im Gegensatz zu ihm.

Jedes Mal, wenn ich mich auf einem Bein stehend aufrichtete und die Arme über den Kopf hob, geriet ich ins Schwanken, und mein rechter Fuß glitt an meinem linken Bein herab. Egal, was ich auch tat, ich verlor immer wieder das Gleichgewicht. Es war zum Verrücktwerden.

Dabei hatte ich meine lieb gewonnenen Yoga-Übungen gerade besonders nötig, um ein wenig herunterzukommen und die Geschehnisse der letzten vierundzwanzig Stunden zu verarbeiten.

Und nicht nur das. Auch an der Sache mit Marvin hatte ich noch enorm zu knabbern. Denn auch wenn ich diejenige von uns beiden war, die die Beziehung beendet hatte, war ich nach wie vor noch nicht darüber hinweg. Fünf Jahre waren eine lange Zeit. Das steckte man nicht so einfach weg. Zumindest war das bei mir der Fall.

Noch vor wenigen Wochen war ich mir ganz sicher gewesen, dass wir in absehbarer Zeit endlich den nächsten Schritt wagen und heiraten würden. Alle Zeichen hatten doch darauf hingedeutet. Oder etwa nicht? Hatte ich mich am Ende nur selbst getäuscht?

Bei diesem Gedanken glitt ich abermals mit meinem Fuß an meinem Standbein ab. Es wollte mir einfach nicht gelingen, mich auf meine Übungen zu konzentrieren. Ständig schwirrten die Gedanken durch meinen Kopf und ließen mich mental abdriften.

Als dann auch noch meine Mutter anrief, war es ganz vorbei.

Mit einem sehr direkten »Sag mal, kann es sein, dass du gar nicht in Würzburg bist?« kam meine Mutter gleich nach Annahme des Gesprächs auf den Grund für ihren Anruf zu sprechen.

»Ich baue ein paar Überstunden ab«, erklärte ich und setzte mich auf eine Bank, die hinter dem Cottage stand und von einem Blumenmeer umgeben war. Hier wuchsen neben Rosen und Pfingstrosen, auch Hortensien und Rhododendren waren ebenso zu erkennen. Daneben befanden sich noch viele weitere Blumensorten, von denen ich zumeist den Namen nicht kannte.

»Und dann fährst du einfach weg und sagst mir das nicht mal?«

Ihre Stimme troff nur so vor Vorwürfen.

Dabei hätte ich gestern am Telefon nicht mal die Möglichkeit gehabt, ihr von meiner Reise nach Schottland zu berichten. So sehr war sie mit sich und ihrem schweren Schicksal beschäftigt gewesen. Ferner war ich mit meinen achtundzwanzig Jahren sicher nicht mehr dazu verpflichtet, meiner Mutter ständig meinen aktuellen Standort mitzuteilen. Aber das war ein anderes Thema. Eins von der Sorte, das ich in absehbarer Zeit wohl nicht ansprechen würde.

»Ich wollte es dir gestern sagen«, begann ich.

»Und warum hast du es dann nicht erzählt?«, hakte sie nach.

»Du warst so betrübt wegen der Brille«, erklärte ich und schluckte dabei die Widerworte hinunter, die ich eigentlich hätte sagen wollen. Es hatte keinen Sinn, mich darüber zu beschweren, dass sie mir gar keine Chance dazu gelassen hatte, loszuwerden, was mir auf dem Herzen lag.

»Oh, erinnere mich bitte nicht an dieses Thema. Es ist das reinste Debakel, sag ich dir. Aber weswegen ich anrufe«, unterbrach sie sich, ohne sich weiter nach meiner Reise zu erkundigen.

»Ja?«

»Dein Marvin ist doch Fitnesscoach. Ein paar Freundinnen von mir wollen demnächst eine Diät starten. Zusätzlich wollen sie auch ein bisschen körperlich in Schwung kommen. Bei einem unserer Treffen habe ich wohl erwähnt, was dein Freund so macht, und daraufhin haben sie mich gestern gefragt, ob ich nicht mitmachen könnte.«

Einerseits war ich froh, weil ich wusste, wie gut es ihr tat, wenn sie mit ihren Freundinnen etwas unternahm. Wenn sie ein bisschen mehr unter die Leute ging, dann würde sie mich nicht mehr ständig anrufen, um mir vorzujammern, wie eintönig und kläglich ihr Leben war. Gleichzeitig zog sich mein Herz aber just in diesem Moment auf die Größe einer Erbse zusammen und stellte für einige Sekunden den Betrieb ein. Denn Marvin und ich – das war vorbei.

»Ach, lustige Geschichte«, begann ich zu erklären und lachte dabei übertrieben heiter.

Wirklich jeder, der mich kannte, hätte sofort gewusst, dass etwas nicht stimmte. Nur meine Mutter nicht.

»Kannst du Marvin mal fragen, wann es ihm passen würde? Mittwochs könnten die meisten von uns. Allerdings nur in der Zeitspanne von zehn bis zwölf Uhr. Ute geht um dreizehn Uhr immer zu ihrem Physiotherapeuten, und Gabi trifft sich danach mit ihrem Geliebten. Bert ist am Abend beim Golfen. Da passt das ganz gut.«

Too much information, schrie meine innere Stimme auf.

»Tja, also, ich weiß nicht …«, setzte ich abermals an, meine Mutter darüber in Kenntnis zu setzen, dass Marvin und ich nicht mehr zusammen waren und ich ihre Anfrage somit nur schwerlich weiterleiten konnte.

»Wir würden ihm dafür natürlich auch was zahlen. So ist es nicht. Er braucht das nicht umsonst zu machen. Allerdings bräuchten wir zeitnah Bescheid, sonst kommen wir mit dem Diätplan ganz durcheinander. Zeitmanagement ist in dieser Hinsicht das A und O, sagt Gisela. Die aus der Rothmannstraße. Weißt du noch? Ich war früher öfter mal bei ihr, um mir die Nägel machen zu lassen.«

So redselig hatte ich meine Mutter im ganzen letzten Jahr nicht erlebt. Wie hätte ich ihrer freudigen Stimmung einen Dämpfer verpassen und sie zurückweisen können?

»Ich frage ihn und gebe dir dann Bescheid. Okay?« Noch während ich es sagte, hätte ich mir vor die Stirn schlagen können. Ich brachte mich in Teufels Küche.

»Das klingt gut. Ich muss dann auch wieder. Für die Diät muss ich noch ein paar Sachen einkaufen und vorbereiten gehen. Da sind Zutaten dabei, sag ich dir, von denen hab ich noch nie zuvor etwas gehört. Das meiste muss ich wohl im Reformhaus holen. Aber sei es drum. Was tut man nicht für einen Astralkörper, wenn der Sehnerv einen schon im Stich gelassen hat? Also dann, wir hören uns.«

Tut. Tut. Tut.

Laut seufzend drückte ich auf den roten Hörer im Display und beendete das Gespräch.

Was hatte ich da bloß getan? Wie hatte ich ihr nur sagen können, dass ich mich darum kümmern würde? Ich konnte Marvin nicht anrufen und ihn um einen Gefallen bitten. Das war so ziemlich das Letzte, was ich wollte.

Allerdings wusste ich auch, wie meine Mutter sein konnte, wenn ich mich nicht darum kümmerte. Sie konnte schrecklich nachtragend sein. Und Würzburg war ein Dorf. Marvin nicht zu fragen, kam überhaupt nicht infrage. Sie würde herausfinden, dass ich sie angelogen und nur behauptet hätte, dass Marvin ausgebucht wäre. Dieses Szenario wollte ich mir besser nicht ausmalen.

»Hier stecken Sie.« Leonore riss mich aus meinen Grübeleien.

Ich hatte nicht mal bemerkt, dass sie sich mir genähert hatte.

»Hallo«, beeilte ich mich zu sagen und rückte auf der Bank ein wenig zur Seite, damit sie sich neben mich setzen konnte.

Dieser Frau hatte ich wahrlich viel zu verdanken. Und auch wenn ich es Cailan gegenüber vermutlich nie eingestehen würde, war ich durchaus gewillt, sie in mein Nachtgebet einzuschließen. Auch wenn ich bisher gar nicht gebetet hatte. Aber das musste ich ja nicht an die große Glocke hängen.

»Ein schönes Plätzchen haben Sie sich da ausgesucht«, sagte Leonore, während sie sich neben mich setzte.

»Ich mag die Ruhe hier«, schwärmte ich.

Eigentlich hätte ich in dieser Umgebung auch zu meiner inneren Ruhe finden müssen. Wären da nicht so viele Umstände, die mich allesamt daran hinderten.

»Ich habe gerade Teewasser aufgesetzt und würde mich über ein wenig Gesellschaft freuen.«

Lächelnd sah sie mich an.

Dabei hatte ich endlich Zeit, sie etwas genauer anzusehen. Heute Morgen hatte Cailan viel zu abrupt dazwischengefunkt, und beim Frühstück war Leonore so damit beschäftigt gewesen, uns das perfekte Mahl zu zaubern, dass ich sie gar nicht wirklich zu Gesicht bekommen hatte.

Ihre dunklen Augen waren umrandet von vielen kleinen zarten Strichen, die mich an die Strahlen der Sonne erinnerten. Um ihre Lippen waren ebenfalls einige Falten zu sehen. Offenbar hatte sie in ihrem Leben viel und gerne gelacht.

»Das klingt ganz wundervoll. Aber nennen Sie mich doch bitte Lara«, beeilte ich mich, die freundliche Einladung gebührend entgegenzunehmen.

Schließlich hatte ich nach dem ersten Zusammentreffen mit Cailan gestern Abend gar nicht erwartet, dass mich heute jemand dermaßen warmherzig empfangen würde. Wäre Leonore heute Morgen nicht aufgetaucht, säße ich jetzt ohne Zweifel bereits in einem Flieger zurück nach Deutschland.

»Was hältst du davon, liebe Lara, wenn wir den Tee hier draußen in der Sonne genießen? Der Tag ist so viel schöner geworden als erwartet«, sagte Leonore und sah mich dabei so tiefgründig an, dass ich mir nicht sicher war, ob sie mich oder das Wetter damit meinte. »Und du darfst mich auch gerne Leonore nennen. Das würde mich sehr freuen.«

»Ja, gerne. Soll ich dir behilflich sein? Wir brauchen noch einen Tisch. Wird Cailan auch Tee mit uns trinken?«

Leonore schüttelte den Kopf.

»Nein, er ist weggefahren. Er hält es seit einigen Jahren nicht mehr lange hier im Haus aus, musst du wissen. Schwarzer Tee ist in Ordnung?«

Noch ehe ich das Gespräch um Cailans Beziehung zu dem Haus vertiefen konnte, war Leonore auch schon wieder aufgestanden und auf halbem Weg zwischen mir und dem Cottage.

»Schwarzer Tee ist perfekt«, rief ich ihr noch nach.

Als sie im Haus verschwunden war, machte ich mich im Garten auf die Suche nach einem Tisch und wurde hinter einer kleinen Hecke fündig. Auf dieser Seite wuchsen zudem viele Obstsorten. Erdbeeren, Johannisbeeren und Rhabarber konnte ich auf Anhieb erkennen. Derjenige, der sich bisher um den Garten gekümmert hat, mochte die Arbeit offenbar sehr. Alles sah so gepflegt und wohldurchdacht aus. Es war mir eine Freude, meine Zeit hier verbringen zu dürfen.

Und auch das Cottage wirkte am Tag noch eine Spur einladender als gestern Nacht, als ich angekommen war. Man konnte ihm ansehen, dass es schon einige Jahre auf dem Buckel hatte. Aber es strahlte so viel Herzlichkeit und Wärme aus, dass ich gar nicht verstehen konnte, warum Cailan das Weite suchte.

Gerade als ich damit begann, mir Gedanken über Cailan und das Cottage zu machen, und mich immer weiter in Vermutungen verlor, kam Leonore mit einem Tablett in den Garten gelaufen.

Ich beeilte mich, den Tisch, den ich gefunden hatte, zu der Bank zu bringen, auf der wir vor wenigen Minuten noch zusammengesessen hatten. Denn bei dem Tisch hatten weder Stühle noch eine weitere Bank gestanden.

Gerade noch rechtzeitig kam ich mit dem Möbelstück bei Leonore an, die das schwere Tablett augenblicklich abstellte.

Neben einer silbernen Kanne mit dampfendem Tee darin und zwei Tassen mit Rosendekor stand eine Etagere darauf. Neben Gurken- und Thunfischsandwiches waren auch Scones, Clotted Cream und Erdbeermarmelade darauf angerichtet. Sogar ein paar kleine Petits Fours krönten das Ganze.

»Das sieht ja unglaublich lecker aus«, sagte ich, während mir das Wasser im Mund zusammenlief.

»Greif ruhig zu, mein Kind. Cailan hat sich erst zum Abendessen wieder angekündigt. Er hat mir eben eine Sprachnachricht geschickt.«

Leonore war für ihr Alter wirklich noch sehr rüstig. Auch den neuen Medien gegenüber schien sie sich nicht zu sträuben.

»Hast du das alles selbst gemacht?«, fragte ich nach, während ich mir ein Gurkensandwich nahm.

Leonore nickte.

»Ja, alles selbst gemacht. Sogar die Marmelade habe ich mit Erdbeeren aus diesem Garten eingekocht. Nur die Clotted Cream mache ich nicht mehr selbst. Das ist mir zu anstrengend geworden. Und es gibt inzwischen richtig gute Alternativen.«

Bis zu diesem Zeitpunkt hatte ich nicht mal gewusst, dass man Clotted Cream selbst herstellen konnte. Und das, obwohl ich als Achtjährige beim Sahneschlagen aus Versehen Butter herausgebracht hatte.

»Das Sandwich ist ein Gedicht«, lobte ich sie überschwänglich.

Leonore lächelte.

»Das Geheimnis ist die Kresse. Und ohne das richtige Salz schmeckt auch das beste Gurkensandwich nur fad. Ich verwende dafür heimisches Meersalz, dem ich Kräuter der Region beimische.«

»Himmlisch«, sagte ich und nahm mir einen Scone mit Clotted Cream und Erdbeermarmelade.

Das Gebäck war im Inneren ganz fluffig und noch ein wenig warm. Zusammen mit der Clotted Cream und der

Marmelade war es das reinste Gedicht. Ich hätte den ganzen Nachmittag weiteressen können, so gut schmeckten mir die Häppchen von jeder Etage von Leonores Etagere.

»So, liebe Lara, ich muss mich jetzt verabschieden. Bevor ich später wiederkomme, um euch etwas zum Abendessen zuzubereiten, wollte ich noch mal kurz an den Strand gehen und mir die Beine vertreten. Rückblickend betrachtet ist man ohnehin viel zu selten am Meer. Und das sage ich, obwohl ich mein ganzes Leben hier lebe.«

Leonore lachte.

»Das klingt wundervoll«, sagte ich und schnappte mir noch schnell eines der Petits Fours von der Etagere, befürchtete ich doch, dass Leonore sie jeden Moment mit ins Haus nehmen könnte.

»Möchtest du mich vielleicht begleiten?«, lud sie mich ein.

Liebend gern hätte ich Ja gesagt. Allerdings musste ich mein Versprechen Cailan gegenüber einhalten. Schließlich hatte ich ihm gesagt, dass ich das B&B in dieses Jahrtausend befördern wollte. Zumindest, was den Social-Media-Auftritt des Hauses anbelangte.

»Ich werde noch ein paar Dinge für Cailan erledigen, bevor er zurückkommt.«

Leonore machte große Augen.

»Dann kennt ihr euch schon länger?«

Ich schüttelte den Kopf.

»Nein, wir haben uns tatsächlich erst gestern Abend kennengelernt.«

Was vor allem auf Cailans Seite eher widerwillig geschehen war.

»Was genau machst du denn für ihn?«, hakte Leonore mit leicht gefurchter Stirn nach.

»Er hat mir erzählt, dass er einen Käufer für das B&B sucht. Ich habe ihm angeboten, mich um den Internetauftritt des Cottages zu kümmern. Auf diese Weise werden hoffentlich viele Menschen auf den Verkauf aufmerksam.«

Leonore stand wie vom Donner gerührt vor mir und sah mich eine ganze Weile nur an. Offenbar hatte etwas, was ich gesagt hatte, sie zutiefst getroffen. Ob sie wohl sehr an dem B&B hing, auch wenn es nicht ihr eigenes war?

»Das wirst du sicher ganz wunderbar machen. Danke, dass du ihm hilfst«, sagte sie schließlich und rang sich dabei zu einem Lächeln durch, ehe sie sich die Etagere schnappte und im Inneren des Cottages verschwand.

Während ich so auf der Bank in der Sonne saß und die Bienen, Hummeln und Schmetterlinge dabei beobachtete, wie sie sich an den bunten Blumen um mich herum einen Snack gönnten, dachte ich über Leonores Verhalten nach, kurz bevor sie ans Wasser aufgebrochen war.

Ohne sie länger zu kennen, hatte ich den Schmerz deutlich spüren können, als ich ihr von Cailans Plänen erzählt hatte. Offensichtlich hatte sie gehofft, er würde das Haus so weiterführen, wie es seine Mum getan hatte.

Einen alten Baum verpflanzt man nicht mehr, hat meine Oma immer gesagt. Das zählte offenbar auch für Wirkungskreise, wie das bei Leonore in der Küche des B&Bs der Fall war.

Ich zückte mein Handy, um nachzusehen, welchen Erfolg meine ersten Bemühungen im Social Web bisher erzielt hatte. Auf Instagram hatte ich einen Account eingerichtet und fünf Bilder vom Cottage und dem Garten gepostet. Bisher hatte ich bereits einhundertundsiebzehn Follower. Eine beachtliche Anzahl, wenn man berücksichtigte, dass das Haus gerade mal fünf Gästezimmer besaß.

Sogar Nachrichten waren eingegangen.

»Wir waren schon fünfmal mit unseren Kindern in diesem zauberhaften Cottage und hoffen, dass sein ganz besonderer Charme noch lange erhalten bleibt. Bis ganz bald mal wieder.«

Oder: »Vor zehn Jahren habe ich in dem B&B meine Frau kennengelernt. Sie ist mir sprichwörtlich vor die Füße gefallen, als sie die Treppe hinunter- und mir direkt in die Arme fiel.«

Als ich auch die übrigen Nachrichten gelesen hatte, legte ich das Handy neben mich auf die Bank und blickte zu dem wunderschönen Haus vor mir, in dem offenbar so viel Freude und Glück zu Hause war, dass es bisher für alle

Menschen, die hier übernachteten, gereicht hatte. Eine wundervolle Vorstellung. Was wohl daraus werden würde, wenn Cailan es verkaufte? Würde der neue Besitzer den Charme erhalten oder das Cottage gleich abreißen und eine gewinnbringendere Lösung hinstellen?

Während ich mir Gedanken über das Schicksal des B&Bs machte, vibrierte das Handy neben mir. Eine Textnachricht von meiner Mutter.

»Hast du schon etwas von Marvin gehört? Gabi lässt nicht locker. Du kennst sie ja. Mama.«

Unschlüssig biss ich mir auf die Unterlippe, während ich überlegte, was ich in dieser ganz speziellen Situation tun sollte. Die Vorstellung, meinem Ex zu schreiben, um ihn um einen Gefallen zu bitten, war mir zuwider. Gleichzeitig konnte ich meine Mutter auch nicht vor den Kopf stoßen, jetzt, da sie endlich wieder eine gute Phase hatte und regelrecht aufblühte.

Seufzend suchte ich schließlich Marvins Kontaktdaten heraus und schrieb ihm eine kurze Nachricht, in der ich ihn darum bat, mit meiner Mutter das Sportprogramm ihrer neuen Diätgruppe zu besprechen. Dabei erwähnte ich weder meinen Urlaub noch ging ich mit nur einer Silbe auf unsere Trennung ein.

Kapitel 6

Cailan

»Mr MacLeod, Sie kennen die Vorgaben so gut wie ich. Das Cottage Ihrer Mutter darf nicht abgerissen oder auch nur erweitert werden. Das übrige Land ist von einer Bebauung ausgeschlossen. Natur- und Denkmalschutz werden in diesem Land großgeschrieben. Mir sind da leider die Hände gebunden.«

Mr Fitzgerald von der Kommunalverwaltung war ein älterer Herr, der vermutlich schon bald in Rente gehen würde. Mum hatte in der Vergangenheit bei Problemen immer mit ihm telefoniert und das meiste klären können. Dass die Sache mit dem B&B so schwierig werden würde, hatte ich allerdings nicht erwartet.

»Sie sagen also, dass ich das Haus letztlich nur so veräußern kann, wie es dasteht. Richtig?«

Unruhig lief ich mit dem Handy am Ohr durch mein ehemaliges Kinderzimmer. An meinem Kleiderschrank hingen noch immer die Bilder meiner großen Idole von den Rangers aus Glasgow. In Europa hatten die Jungs zwar schon eine halbe Ewigkeit nichts gerissen, aber für mich waren sie dennoch nach wie vor eine tolle Mannschaft. Ich sollte mir mal wieder ein Spiel von ihnen ansehen.

Das letzte lag schon einige Jahre zurück. Dad war mit mir hingefahren, und wir hatten einen traumhaften Tag im Stadion mit Sonnenschein und einem 3:0 Sieg der Rangers gegen die Celtics verlebt. Ein denkwürdiger Tag. Und einer der wenigen, an die ich mich noch so richtig gut erinnern konnte. Nicht nur an den Tag, sondern auch an Dad. Wir hatten eine verdammt schöne Zeit zusammen gehabt. Warum war ich nicht öfter mit ihm zu den Spielen gefahren? Schließlich wusste ich doch, wie sehr er es mochte?

»Mr MacLeod, sind Sie noch dran?«, machte Mr Fitzgerald auf sich aufmerksam.

Offenbar hatte er mir etwas geantwortet, von dem ich jedoch nichts mitbekommen hatte.

»Könnten Sie bitte wiederholen, was Sie gerade sagten? Schrecklich hier mit den Funklöchern«, behauptete ich. Dabei war die Region gut ausgebaut.

»So, ja. Okay. Nun, ich sagte, dass es in der Tat so aussieht, wie Sie sagten. Sie könnten das Land um das Cottage herum verpachten. Dabei würden Sie zwar nicht viel Geld bekommen, aber die Einnahmen wären regelmäßig. Schafe oder schottische Hochlandrinder wären denkbar. Zu einem Verkauf würde ich Ihnen, was die landwirtschaftlichen Flächen anbelangt, im Moment nicht raten. Die Preise sind im Keller. Wir hoffen, dass sich der Markt in absehbarer Zeit stabilisiert, aber eine Glaskugel besitzen wir leider auch nicht.«

Eine Glaskugel. Bei Mr Fitzgeralds Worten blickte ich hinüber zu dem Foto, das eine glückliche Familie auf dem Jahrmarkt zeigte. Mum, Dad, Jimmy und ich waren immer bei dem Sommerevent von Ghrian Castle gewesen, als es noch Lord Campbell gehörte. Was hatten wir für einen Spaß an den verschiedenen Ständen gehabt! Dabei waren es gar nicht besonders viele gewesen.

Genug für uns. Besonders angetan waren Jimmy und ich vom Büchsenwerfen und dem Zelt der Wahrsagerin gewesen. Sie hatte uns beiden eine rosige Zukunft vorausgesagt und mir gegenüber geäußert, dass ich mein großes Glück erst finden würde, nachdem ich Schiffbruch erlitten hatte. Was auch immer das bedeutete.

»Danke, Mr Fitzgerald, dass Sie sich die Zeit genommen haben, um mich ins Bild zu setzen«, sagte ich schließlich, als mir bewusst wurde, dass ich meinen Gesprächspartner schon wieder über Gebühr warten ließ.

Aber sosehr ich mich auch bemühte, sobald ich in diesem Haus war, setzte mein Kopfkino ein, und ich musste ständig an die Vergangenheit denken. Wie bewegte Bilder liefen die Erinnerungen vor meinem geistigen Auge ab. Nicht nur das. Ich konnte die Gerüche aus den jeweiligen Erinnerungen sogar riechen. Ganz so, als würde ich mich nicht nur daran erinnern, sondern das Erlebte ein zweites Mal mit all meinen Sinnen erfahren.

»Sie können sich bei Fragen immer gerne an mich wenden, Mr MacLeod. Ihre Mutter war eine so herzensgute Frau. Ihr Verlust tut mir sehr leid.«

Das dritte Mal in Folge, dass ich einen lieben Menschen verloren hatte. Das dritte Mal in Folge, dass mir Beileidsbekundungen ausgesprochen wurden und die Menschen ihre Anteilnahme erklärten. Und das dritte Mal in Folge, dass ich es kaum noch ertragen konnte.

»Ich danke Ihnen«, hörte ich mich dennoch routiniert sagen, ehe ich das Gespräch beendete und einen Moment die Lider schloss, um wieder zu mir selbst zu finden.

Kein leichtes Unterfangen. Besonders nicht, wenn ich daran dachte, was Mr Fitzgerald mir noch gesagt hatte. Ein Verkauf des Hauses würde äußerst schwierig, wenn nicht sogar unmöglich werden. Ein so kleines Cottage mit nur fünf Gästezimmern war sicher schwer an den Mann oder die Frau zu bringen.

Nein, das Haus meiner Kindheit war kein profitabler Ort. Man musste einen Liebhaber finden, der genau solch ein kleines Gasthaus suchte und bereit war, mehr zu investieren, als er zunächst rausbekommen würde. Aber wo anfangen?

»Hallo, Lara, wie geht es dir?«, rief Leonore vom Torbogen aus und winkte dabei freudig in ihre Richtung

Wie an jedem Morgen kam sie auch heute um Punkt acht Uhr dreißig, um für uns Frühstück zuzubereiten. Mehrfach hatte ich ihr bereits gesagt, dass es keinen Grund dafür gab, dass sie allmorgendlich hier aufschlug. Doch Leonore ließ sich nicht davon abbringen.

Und Lara? Die schien ihren Urlaub am Clachtoll Beach in vollen Zügen zu genießen. Erst gestern hatte ich sie zufällig am Strand gesehen, als ich mal wieder zu einem meiner längeren Spaziergänge aufgebrochen war.

Unter den weiten Shirts, die sie oft mit diesen Boyfriend-Hosen trug, konnte man ihre Figur gar nicht so richtig ausmachen. Dementsprechend überrascht war ich gewesen, als ich sie das erste Mal im Bikini gesehen hatte. Aufs Angenehmste überrascht sogar. So angenehm, dass es einige Minuten dauerte, bis ich mich wieder fasste und meinen Weg fortsetzen konnte. Mein Glück, dass sie mich nicht bemerkt hatte.

Während ich so über Lara Weigel – die Frau, die eigentlich überhaupt nicht hier sein dürfte – nachdachte, tauchte sie auch schon in meinem Blickfeld auf und unterhielt sich angeregt mit Leonore. Die beiden hatten seit der ersten Minute einen guten Draht zueinander und lachten viel.

Mit Mums Tod war Leonore ihre langjährige Freundin genommen worden. Sie war zwar überall beliebt und hatte viele Freunde, aber Mum und sie, das war etwas Besonderes gewesen.

Als die beiden Frauen aufs Haus zuhielten, wandte ich mich vom Fenster ab. Es wäre mir unangenehm gewesen, wenn sie mich dort stehen gesehen hätten. Doch bevor ich hinunterging, wollte ich nachsehen, ob sich jemand auf meine Anzeigen gemeldet hatte.

Fehlanzeige! Schon nach wenigen Klicks musste ich mir eingestehen, dass ich bisher noch keinen Schritt vorangekommen war, was den Verkauf des Cottages anbelangte. Wenn das so weiterging, dann würde ich in der kommenden Woche unverrichteter Dinge zurück nach Aberdeen fahren. Keine schöne Vorstellung. Hatte ich mir doch fest vorgenommen, ein für alle Mal einen Schlussstrich unter diese Angelegenheit zu setzen und von nun an nur noch nach vorn zu blicken.

Der ständige Schulterblick lähmte mich zusehends. Als ich das Foto meiner Einschulung erblickte, sprang ich von meinem Bett auf, noch ehe die Erinnerungen daran in mir zu neuem Leben erwachen konnten, und stürmte zur Tür hinaus, den Gang entlang und schließlich nach unten in Richtung Küche.

Erst mal eine Tasse Kaffee. Dann würde ich hoffentlich eine Lösung für mein Problem finden. Eine, die mich nicht zwang, ständig hierherzukommen und nach dem Rechten zu schauen. Allein die Vorstellung belastete mich.

Dabei war dieses Fleckchen Erde unglaublich schön. Man konnte hier stundenlang spazieren gehen und war dabei nur für sich. Am Strand konnte man baden gehen, die Seele baumeln lassen oder im Sand gemütlich ein Buch lesen. Auch für die verschiedensten Wassersportarten gab es hier genug Platz und Möglichkeiten. Surfer kamen gerne an den Clachtoll Beach, ebenso wie Paraglider, die sich todesmutig von den Klippen ins Meer stürzten.

Und wenn einem nach Süßwasser war, um darin zu fischen, war der nächstgelegene See Loch Assynt auch nicht weit. Wir hatten es schön hier in der Grafschaft Sutherland. Ich wusste das. Und dennoch konnte ich es nicht genießen.

»Gibt es schon Kaffee?«

Erst als ich meine Frage ausgesprochen hatte, fiel mir auf, wie unfreundlich ich für Leonore und Lara klingen musste. Im Gegensatz zu mir hatten die beiden sich aber auch nicht mit den schweren Gedanken tragen müssen, die mich seit Mums Tod nicht mehr loslassen wollten.

»Setz dich doch zu uns«, bot Leonore mir an.

Die letzten beiden Tage hatte ich mir lediglich meinen Kaffee geschnappt und war nach draußen gegangen. Doch als ich sah, dass Leonore uns heute sogar Egg Benedict servieren würde, konnte ich unmöglich gehen. Ich liebte diese Eierspeise viel zu sehr. Leonore wusste das. Vermutlich hatte sie sie genau aus diesem Grund zubereitet. Wenn ich jetzt gehen würde, würde ich sie vor den Kopf stoßen, was ich nicht wollte. Schließlich war Leonore so nett zu mir.

Außerdem kümmerte sie sich auch um Lara. Dabei war sie, zumindest streng genommen, mein Gast. Ich hätte mich um sie kümmern müssen. Aber wenn es nach mir gegangen wäre, dann hätte sie nie auch nur einen Fuß über die

Schwelle dieses Hauses gesetzt. Wenn ich da an die Bilder vom Strand dachte, war ich froh, dass es anders gekommen war. Aber das musste ich ihr ja nicht auf die Nase binden.

Mit einem »Danke dir« setzte ich mich Lara gegenüber auf den Stuhl. Als ich klein war, hatte ich auch genau hier gesessen. Und Jimmy links von mir. Noch ehe ich an die vielen Mahlzeiten denken konnte, die wir zusammen hier eingenommen hatten und bei denen mein Bruder ständig seine besten Witze vortrug, schüttelte ich leicht den Kopf.

»Stimmt etwas nicht?«, fragte Leonore besorgt.

»Nein, nein! Das sieht ausgesprochen gut aus«, sagte ich und konzentrierte mich dabei voll und ganz auf den Teller, den Leonore mir vorsetzte.

Ein zufriedenes Lächeln breitete sich auf ihren Lippen aus, während sie mir eine Hand auf die Schulter legte.

»Dann iss mal, mein Junge. Das wird dir guttun.«

Essen konnte die Nerven beruhigen oder einen alles andere um einen herum vergessen lassen. Leonores Speisen waren allesamt Seelenschmeichler. Hier bei ihr in der Küche meiner Mum zu sitzen, war dennoch nicht einfach für mich.

»Wie geht es mit dem Verkauf voran?«, fragte Lara.

Ich nahm einen Schluck aus meiner Kaffeetasse.

»Leider nicht ganz so, wie ich es mir vorgestellt hatte«, räumte ich meinen bisherigen Misserfolg ein.

Dabei wusste ich überhaupt nicht, warum ich das tat. Lara war eine Fremde, die das Schicksal des B&Bs rein gar nichts anging.

»Auf meine Bemühungen im Netz hin kommen immer mehr Nachrichten rein. Viele der Menschen, die sich melden, haben ihren Urlaub schon mal hier im B&B gemacht und berichten, wie sie hier die Liebe ihres Lebens gefunden haben, alle schwärmen von einem unvergesslichen Aufenthalt.«

Erschrocken über Laras Worte ließ ich die Tasse mit einem harten Knall auf dem alten Holztisch aufkommen, den bereits mein Urgroßvater gefertigt hatte. Mum hatte ihn wöchentlich voller Hingabe gewachst.

»Ich glaube, Sie haben mich falsch verstanden, Ms Weigel. Ich suche keine Gäste. Im Gegenteil, ich brenne darauf, den alten Kasten zu verkaufen.«

Lara sah mich mit weit aufgerissenen Augen an. Erst als ich den erschrockenen Blick von Leonore auffing, bemerkte ich, wie harsch meine Worte gewählt waren und wie laut ich dabei geworden war.

Aber das war ein Thema, das für mich ein rotes Tuch darstellte. Hierbei würde ich nicht klein beigeben, um anderen zu gefallen. Das Cottage musste verkauft werden. Am besten schon heute.

»Es gibt auch Interessenten, die fragen, wann sie vorbeikommen können, um sich das Haus anzusehen«, beschwichtigte mich Lara.

Ihre grünblauen Augen sahen mich durchdringend an, während sie sich verlegen eine ihrer leicht gewellten braunen Strähnen hinters Ohr legte. Sie schien abzuwägen, was sie sagen konnte, ohne mich abermals auf die Palme zu bringen.

»Was sind das für Leute? Gaffer oder ehrliche Interessenten?«, blaffte ich sie an.

»Nun, da ich keinen von ihnen persönlich kenne und nur weitergeben kann, was sie schreiben, gehe ich von einer Mischung aus beidem aus.«

Ihr Ton hatte sich verändert. Offenbar hatte sie sich wieder gefangen und sich entschieden, mir die Stirn zu bieten.

»Stehen schon Termine fest?«, hakte ich nach.

Lara sah mich irritiert an.

»Ich war bereit, den Internetauftritt zu organisieren, und kümmere mich um Content, um die Leute bei Laune zu halten. Ihre persönliche Sekretärin bin ich allerdings nicht.«

Mit diesen Worten erhob sie sich von ihrem Platz. Offenbar wollte sie die Küche verlassen.

»Kinder, Kinder, jetzt ist aber mal gut. Beim Frühstück wird nicht gestritten. Schließlich ist das die wichtigste Mahlzeit des Tages«, ermahnte uns Leonore und erinnerte mich dabei schrecklich an meine Mum.

Diese hätte nämlich nicht anders auf den Zwischenfall reagiert. Ganz im Gegenteil. Vermutlich hätte sie noch viel deutlichere Worte dafür gefunden, um ihr Missfallen über einen Streit am Küchentisch zum Ausdruck zu bringen.

»Ich hatte mir sowieso vorgenommen, draußen noch ein paar Yoga-Übungen zu machen«, erklärte Lara und war schon im nächsten Moment verschwunden.

»Musste das denn sein?«, schimpfte mich Leonore, kaum dass sie zur Tür hinaus war.

»Wenn es nach mir gegangen wäre, dann wäre sie überhaupt nicht hier«, erwiderte ich patziger, als ich es wollte.

Was war das nur für ein Vormittag? Dabei hätte ich doch schon nach dem Anruf von Mr Fitzgerald wissen müssen, dass das heute nicht mein Tag war.

»Jetzt ist sie nun mal da, und sie bemüht sich darum, dir zu helfen. Warum müsst ihr beiden euch nur immer so angehen?«

Schulterzuckend schaufelte ich mir einen Bissen des mittlerweile erkalteten Egg Benedict in den Mund.

»Ich denke, das Beste wird sein, ihr verbringt ein wenig Zeit miteinander.«

Ich wollte bereits protestieren, verschluckte mich allerdings am Ei und hustete, was das Zeug hielt.

»Lara ist ganz allein in den Urlaub gefahren. Ich habe das Gefühl, dass sie etwas zu verarbeiten hat und auf andere

Gedanken kommen will. Sie ist eine nette junge Frau, die ein wenig Zuspruch braucht«, fasste Leonore zusammen.

»Ich wüsste nicht, wie ich ihr helfen könnte.«

Die Vorstellung, nun noch mehr Zeit mit Lara zu verbringen, als ich es bisher schon tat, klang in meinen Ohren nach keinem besonders guten Vorschlag. Wozu das Ganze? Schließlich würde Lara ohnehin schon bald wieder nach Hause fliegen, und dann war das leidige Kapitel ein für alle Mal abgeschlossen.

»Ihr könntet mal zum Loch Assynt fahren und angeln gehen. Ich könnte mir vorstellen, dass Lara ihre Freude daran hätte. Die Ruhe dort ist heilsam. Vielleicht tut es ihr gut. Und dir auch …«

Nur über meine Leiche, dachte ich bei mir und wollte bereits etwas erwidern, als Leonore sich an den Abwasch machte und mich mit meinem Teller allein ließ. Offenbar war für sie die Sache schon geklärt. Ich hätte zwar noch Redebedarf gehabt, verzichtete jedoch darauf, einen Kommentar abzugeben, aß meinen Teller leer und ging schließlich nach draußen, um ein wenig frische Luft zu schnappen.

Lara war an der Hecke neben dem kleinen Teich in ihre Yoga-Übungen vertieft. Die Verrenkungen sahen merkwürdig aus. Keine Ahnung, was sie dort genau tat. Aber da ich mich weder für Yoga noch für Lara besonders interessierte, setzte ich meinen Weg fort.

Dabei trat ich auf einen Ast. Lara, die bisher die Augen geschlossen gehalten hatte, fiel aus ihrer Gleichgewichtsübung und wäre beinahe gestürzt, hätte sie ihren Fall nicht mit einem beherzten Griff nach einem der Haselstrauchäste abfangen können.

Bevor sie ihre vor Wut lodernden Blitze in meine Richtung abfeuern konnte, suchte ich schnell das Weite.

Kapitel 7

Lara

»Hallo, Papa, ich …«

»… Leider erreichen Sie mich im Moment nicht persönlich. Sprechen Sie mir doch nach dem Piepton eine Nachricht auf. Dann melde ich mich umgehend bei Ihnen.«

Für den Wimpernschlag eines Augenblicks hatte ich doch tatsächlich geglaubt, ich würde meinen Vater nach einer halben Ewigkeit mal wieder ans Telefon bekommen. Im Gegensatz zu meiner Mutter hörte ich ihn seit geraumer Zeit immer seltener.

Mit Gewissheit konnte ich schon gar nicht mehr sagen, wann wir das letzte Mal miteinander gesprochen hatten. Eins stand jedoch fest: Seine Ansage am Telefon kannte ich auswendig.

Ich bedauerte es auch dieses Mal zutiefst, dass ich ihn nicht an den Hörer bekommen hatte. Dabei gab es gar nichts Wichtiges zu besprechen. Es war mir nur ein Anliegen, den Kontakt mit ihm zu halten. Immerhin war ich seine Tochter, also war es ja wohl nicht ungewöhnlich, dass mir etwas daran lag, mich mit ihm auszutauschen, zu hören, wie es ihm ging und was er demnächst so vorhatte.

Im Gegensatz zu meiner Mutter war Papa bei unseren Gesprächen jedoch meist sehr kurz angebunden und wimmelte mich schnell wieder ab. Als wäre ich eine Last, mit der er sich nicht länger auseinandersetzen wollte als unbedingt nötig.

Offenbar war das heute einfach nicht mein Tag. Den Streit mit Cailan heute Morgen hätte ich so definitiv nicht erwartet. Schließlich hatte ich gedacht, ich würde ihm eine Freude damit machen, ihm von den vielen positiven Nachrichten zu erzählen. Es war doch schön zu hören, dass die Menschen, die einmal zu Gast in diesem B&B waren, sich gerne an ihren Urlaub erinnerten. Oder?

Klar, das waren zumeist keine potenziellen Käufer. Aber wer wusste schon, was sich daraus entwickeln konnte? Vielleicht würde einer von ihnen sich der Tatsache bewusst werden, dass er hier die schönste Zeit seines Lebens verbracht hatte, und wollte es deshalb gerne kaufen.

Warum war Cailan nur dermaßen an die Decke gegangen?

Vermutlich ging ihm das alles einfach nicht schnell genug. Schließlich konnte ich spüren, wie ungern er sich im Cottage aufhielt. Das ausgelassene Großstadtleben fehlte ihm ganz offensichtlich. Leonore hatte mir erzählt, dass er schon vor einigen Jahren in die Stadt geflohen war und seither nur sehr selten zu Besuch kam.

Das alles hier war ihm augenscheinlich nicht mehr gut genug. Was ich wiederum überhaupt nicht nachvollziehen konnte. Ich hatte selten so einen wundervollen Ort gesehen.

Clachtoll und sein einzigartiger Strand waren etwas Besonderes.

Mittlerweile bereute ich es, dass ich mir keinen Mietwagen genommen hatte, um ein wenig mehr von der Umgebung zu sehen, spürte ich doch, dass mein Aufenthalt hier genau das war, was ich im Moment brauchte.

So dachte ich schon viel weniger an Marvin. Mittlerweile war ich sogar ganz froh darum, dass unsere gescheiterte Beziehung endlich zu einem Ende gekommen war.

Nicht zum ersten Mal hatte er mir Vorhaltungen gemacht, was mein Gewicht anbelangte. Ständig sollte ich hier noch ein paar Kilo abnehmen und dort mehr Zeit mit Hanteltraining verbringen. Was ich wollte, war ihm nicht wichtig. Es ging immer um Äußerlichkeiten, nur um meinen Körper, nie um mich als Person.

Wie sollte eine solche Beziehung Bestand haben? Es war unmöglich. Doch es hatte lange gedauert, bis ich mir das selbst eingestehen konnte. Viel zu schön war die Vorstellung gewesen, nicht mehr allein zu sein und womöglich bald selbst eine eigene kleine Familie zu haben. Doch zu welchem Preis?

Anstatt mich den Tatsachen zu stellen, hatte ich mir viel zu lange etwas vorgemacht. Mein Befreiungsschlag fühlte sich gut an, auch wenn ich jetzt nicht so recht wusste, was ich mit mir anfangen sollte.

Meine Mutter wollte ich nicht anrufen, da Marvin sich auf meine Nachricht nicht mal bei mir gemeldet hatte. Während ich also eher besorgt auf einen Anruf von ihr wartete, hätte ich meinen Vater nach all der Zeit gerne mal wieder gehört. Auch wenn wir uns nie besonders viel zu sagen hatten und er immer sehr geschäftig war.

»Lara? Lara? Wo steckst du denn?«

Suchend blickte sich Leonore im Garten nach mir um.

Nach Cailans Abgang hatte ich mehrfach versucht, mich wieder auf meine Yoga-Übungen zu konzentrieren. Dummerweise wollte es mir einfach nicht mehr gelingen, bei der Sache zu bleiben. Ständig hatte ich das Gleichgewicht verloren oder mich beinahe selbst verknotet.

»Hier bin ich«, rief ich und wies ihr damit die Richtung.

Die Bank, auf der wir vor einigen Tagen bereits zum Teetrinken gesessen hatten, war mir der liebste Ort im Garten geworden. Von hier aus hatte ich einen traumhaften Blick auf das verwunschene Cottage, die vielen bunten Farben der Blumen, und wenn der Wind aus der richtigen Richtung wehte, konnte ich sogar das Meeresrauschen hören.

»Ah, da steckst du ja. Ich habe gerade einen schottischen Früchtekuchen gebacken. Meist bin ich zwar der Meinung, dass er für den Frühling und Sommer etwas zu gehaltvoll ist und damit besser in die dunklen und kälteren Jahreszeiten passt, aber heute war mir irgendwie danach. Vielleicht hast du Lust, ein Stück zu probieren?«

Leonore hielt mir einen runden Kuchen entgegen, der mit ganzen Mandeln verziert und mit Puderzucker bestäubt worden war. Außerdem hatte er einen Rand aus Marzipan, wie ich vermutete.

Der Duft, der von ihm ausging, war betörend.

»Sehr gerne«, beeilte ich mich deshalb zu sagen, bevor Leonore es sich noch einmal anders überlegen und mitsamt dem Kuchen zurück im Haus verschwinden konnte.

Leonore lächelte zufrieden und stellte das Tablett auf den Tisch, den wir nach unserem letzten gemeinsamen Tee der Einfachheit halber stehen gelassen hatten. Neben dem Kuchen hatte sie noch ein Kännchen Tee dabei. Womit hatte ich so viel Liebenswürdigkeit bloß verdient?

Nach meinem ersten Bissen wusste ich, dass ich einen neuen Lieblingskuchen gefunden hatte. Der Kuchen schmeckte saftig und fluffig zugleich. Kirschen, Rosinen und Orangensaft oder Abrieb konnte ich darin festmachen.

»Lecker! Der ist wahnsinnig gut«, beeilte ich mich zu sagen.

Leonore lächelte und nickte dabei.

»Ein altes Familienrezept. Wenn du möchtest, gebe ich es dir.«

Ihre Worte rührten mich zutiefst. Schließlich war ich eine Fremde für sie.

»Sehr gerne. Was ist da alles drin? Kirschen, Rosinen und Orangen konnte ich schon ausmachen.«

Leonore nickte anerkennend.

»Außerdem sind noch Zitronen, gehackte Feigen und getrocknete Aprikosen darin. Nur ein ausgeklügeltes Mischverhältnis lässt diesen Kuchen so saftig schmecken. Meine Mum hat mir eingeschärft, wie wichtig es ist, das richtige Verhältnis zueinander zu finden.« Plötzlich lachte sie auf.

»Beim Backen geht's nicht anders zu als beim menschlichen Miteinander. Oder?«

Nun war ich diejenige, die lachen musste.

»O ja. Wenn ich da nur an Cailan, die schrumpelige Rosine, denke …«

Leonore lachte ebenfalls, ehe sie ernster wurde.

»Er hatte es nicht leicht, musst du wissen. Seine Mum war seine letzte lebende Verwandte. Vor ein paar Jahren starb sein Bruder, dann wenig später sein Dad … Diese Schicksalsschläge haben ihn sehr … verändert. Früher war er ein aufgewecktes glückliches Kerlchen, das jedem Streiche gespielt hat. Mir hat er beispielsweise mal eine Maus ins Bett gelegt. Zwar nur aus Gummi, aber du kannst dir meinen Schreck darüber sicher vorstellen. Als ich bemerkte, dass es sich dabei um ein Katzenspielzeug handelte, musste ich lachen. Aber erzähl das bloß nicht Cailan.«

Cailan wirkte auf mich verkniffen und eigenbrötlerisch. Das Portrait, das Leonore von ihm zeichnete, wollte so gar nicht zu dem Bild passen, das ich mir bisher von ihm gemacht hatte. Aber wer konnte schon heute noch von sich behaupten, die Frohnatur aus seiner unbekümmerten Kindheit zu sein?

Wenn man denn eine unbekümmerte Kindheit erleben durfte …

»Versprochen!«, sagte ich schließlich und hob dabei die Hand zum Schwur.

»Er könnte ein wenig Aufheiterung gebrauchen, der arme Junge.«

Während Leonore das sagte, führte ich die Gabel abermals zum Mund und genoss ein weiteres Stück des saftigen Früchtekuchens.

»Bestimmt findet sich bald ein Käufer. Das Haus ist so schön gelegen. Es wird Menschen geben, die den Ausblick und die unberührte Natur zu schätzen wissen. Diese muss man nur finden«, erklärte ich und sah mich dabei zu allen Seiten hin um.

Wenn ich mich auf die Bank stellte, konnte ich von hier aus sogar das Meer sehen. Die zerklüfteten Felsvorsprünge zeichneten ein besonderes Bild, die Küstenlandschaft erzählte ihre ganz eigene Geschichte. Umgeben von Wiesen und Feldern, auf denen Schafe oder schottische Hochlandrinder standen, war Clachtoll so etwas wie der letzte unberührte Flecken Erde.

»O ja, das … Nun, ich will ehrlich mit dir sein. Ich finde es keine gute Idee, dass Cailan das Haus verkaufen will, in dem seine Familie die letzten zweihundert Jahre gelebt hat.

Er bringt sich damit selbst um die letzten Wurzeln, die er im Leben hat. Diese Entscheidung sollte er mit Bedacht fällen und nicht so kurze Zeit nach einem schweren Verlust.«

Ich dachte über Leonores Worte nach und musste ihr schließlich recht geben. Wenn Cailan das Cottage jetzt verkaufte, würde er sich sicher eines Tages darüber ärgern und seinen Entschluss bereuen.

»Hast du schon mal mit ihm über das Thema gesprochen?«

Leonore schüttelte den Kopf.

»Wenn Cailan sich etwas vorgenommen hat, dann ist es sehr schwer, ihn davon abzubringen. Schon als kleines Kind hatte er einen ganz festen Willen. Sophie hat mir noch vor ihrem Tod erzählt, wie hartnäckig er sich gegen Rosenkohl verwehrt hat. In seinem ganzen Leben hat er kein einziges Köpfchen gegessen.«

Da ich kein besonderer Rosenkohlfan war, konnte ich seine Haltung in diesem Punkt durchaus nachvollziehen. Aber ja, ich verstand, worauf sie hinauswollte.

Cailan war ein sturer Bock, der nur schwerlich von einer festgesteckten Marschroute abwich. Das hatte ich bereits in der Kürze der Zeit, die wir uns erst kannten, am eigenen Leib erfahren dürfen. Es kam mir noch immer wie ein Wunder vor, dass ich in meiner ersten Nacht auf schottischem Grund nicht hatte unter freiem Himmel schlafen müssen.

»So, und jetzt will ich dich nicht länger mit diesen Dingen belästigen. Schließlich verbringst du hier bei uns deinen Urlaub und sollst nicht unser Kummerkasten sein. Hast du heute etwas Schönes geplant?«

Tatsächlich war ich bisher noch nicht dazu gekommen, mir eine Liste an Orten und Sehenswürdigkeiten zusammenzustellen, die ich gerne besuchen wollte. Die Idee zu meiner Reise nach Schottland war mehr aus der Not heraus geboren, um die Trennung zu verarbeiten. Anschließend saß mir der Schock über das geplatzte Hotelarrangement so in den Knochen, dass ich erst mal ein paar Tage brauchte, um zu mir zu kommen. Und dann hatte mich auch noch meine Mutter nicht in Ruhe gelassen …

»Ich wollte vielleicht mal an den Strand gehen. Die Bucht ist traumhaft. Ich bin gerne dort«, rechtfertigte ich mich, ohne dass es einen Grund dazu gab.

Schließlich wollte mir Leonore nichts Böses. Sie zeigte lediglich Anteilnahme an meinem Leben, was ich allerdings nicht sonderlich gewohnt war. Vielleicht fühlte es sich deshalb für mich nach einem Verhör an.

»Das klingt nach einem ganz wundervollen Plan. Ich werde mich jetzt aufmachen und einkaufen gehen. Heute ist Wochenmarkt in Clachtoll Boch. Dort finde ich, was ich zum Kochen und Backen brauche, und das Beste daran: Es kommt alles aus der Region.«

Mit einem freudigen Glucksen erhob Leonore sich von der Bank und war schon im nächsten Moment mitsamt ihrem Tablett im Haus verschwunden. Nicht, ohne mich vorher zu fragen, ob ich nicht noch ein Stück Kuchen wollte. Dieses hatte ich jedoch dankend ablehnen müssen, da schon das erste so sättigend gewesen war.

Kaum dass Leonore im Cottage verschwunden war und die Tür hinter sich zugezogen hatte, klingelte mein Handy. Papa.

»Hey, Papa«, meldete ich mich freudig.

»Hallo, Lara. Ist etwas passiert? Du hast angerufen und nicht aufs Band gesprochen.«

»Hm? Ach so. Nein, alles bestens. Ich wollte nur hören, wie es dir geht.«

»Gut, gut. Na dann. Ich bin gerade in einem wichtigen Termin. Wir hören uns. Ja? Bis bald.«

Tut. Tut. Tut.

Wow, das war ein neuer Rekord. So schnell hatte er mich noch nie abgewimmelt. Na, aber immerhin hatte er zurückgerufen. Ob ich mich jetzt darüber freuen sollte?

Kapitel 8

Cailan

»Leonore, ich weiß wirklich nicht, wozu das gut sein soll.« Beharrlich wehrte ich ihre Vorschläge ab.

»Ein Angelausflug täte dir gut.« Sie seufzte. »Ich kann ja gut verstehen, dass du nicht am Turnier teilnehmen möchtest, wie du es früher gemeinsam mit deinem Dad getan hast, aber am Loch Assynt hättest du deine Ruhe und könntest ganz ungestört angeln gehen«, behauptete sie.

»Nicht, wenn ich Lara mitnehmen soll«, erwiderte ich.

Daraufhin seufzte Leonore abermals und signalisierte mir sodann mit einem Klopfen auf die Stuhllehne, dass ich mich neben sie setzen sollte.

Widerwillig tat ich ihr den Gefallen, auch wenn mir nichts unliebsamer war, als diese Unterhaltung noch eine Sekunde länger fortzuführen.

Denn Leonore verstand einfach nicht, dass ich nicht Mum war. Meine Mutter hatte sich zu ihren Lebzeiten immer voller Hingabe um ihre Gäste gekümmert. Sie hatte Wanderrouten erstellt, die sie sogar bei Bedarf mit ihnen ablief. Dazu servierte sie selbstverständlich ein üppiges Picknick mit selbst gebackenem Kuchen und Sandwiches.

»Ich weiß ja, dass du dich von dem B&B trennen möchtest, aber … Sieh es als einen letzten Gefallen, den du mir noch tun kannst. Hm? Lara braucht ein wenig Abwechslung. Sie scheint so verloren.«

Leonore und Mum waren definitiv aus demselben Holz geschnitzt. Wenn ich es nicht besser wüsste, würde ich sogar behaupten, sie wären Geschwister.

»Mein Wagen hat mich in letzter Zeit des Öfteren im Stich gelassen.«

Ein Argument, das nicht aus der Luft gegriffen war. Erst bei meiner Fahrt aus Aberdeen nach Hause hatte ich an einer Tankstelle den dort arbeitenden Mechaniker um seine Hilfe bitten müssen. Seither fuhr er zwar tadellos, aber man konnte nie wissen. Und schließlich hatte ich unserem Gast gegenüber auch eine gewisse Verantwortung.

»Ich sehe schon«, meinte Leonore und sah mich aus wässrigen Augen an. »Ich werde dich nicht dazu ermutigen können, Lara ein Stück deiner Heimat zu zeigen. Wenn ich ein bisschen jünger wäre, würde ich es ja selbst tun. Aber … nun, so ist das eben im Alter. Man kann nicht mehr so, wie man will.«

Dann stand sie auf und ruckte ihren Stuhl an den Tisch. »Ich sollte wohl besser mit den Vorbereitungen fürs Abendessen beginnen, sonst wird es zu spät.«

Leonore lächelte mir zu, ehe sie sich an die Arbeit machte.

In diesem Moment kam ich mir wie das größte Arschloch aller Zeiten vor. Leonore hatte mich in meinem ganzen Leben noch nicht um einen Gefallen gebeten. Stattdessen war sie mir und meiner Familie von jeher eine enorme Stütze gewesen. Und auch jetzt kümmerte sie sich um mich, sorgte dafür, dass ich etwas zu essen hatte, und sah nach dem Rechten. Und ich konnte nicht mal über meinen eigenen Schatten springen. Nicht mal ein einziges Mal.

»Ich mach's«, hörte ich mich schon im nächsten Moment sagen.

Als Leonore mich daraufhin ansah, wusste ich nicht zu sagen, wer von uns beiden irritierter über das war, was ich soeben geäußert hatte.

»Bist du dir sicher?«, hakte sie nach, als könnte sie nicht glauben, was sie gerade gehört hatte.

Ich nickte, auch wenn sich jede Faser meines Körpers dagegen wehrte. Schließlich kannte ich Lara nicht nur nicht wirklich, sondern war sogar schon das ein oder andere Mal mit ihr zusammengestoßen, wenn auch bisher eher verbal.

Da kam mir ein Hoffnungsschimmer. Denn ich war mir ziemlich sicher, dass Lara mich nicht besonders leiden konnte. Gut möglich also, dass sie den Vorschlag, mit mir angeln zu gehen, dankend ablehnen würde.

»Das ist so lieb von dir, Cailan. Du kannst dir sicher sein, dass ich nie vergessen werde, was du für mich getan hast.«

Schon überkam mich abermals das schlechte Gewissen. Anstatt mich darüber zu freuen, dass Lara den Trip mit mir aus besagten Gründen gar nicht antreten würde, sollte ich besser alles in die Waagschale werfen, dass sie es doch tat. Um Leonore einen Gefallen zu tun. Für alles, was sie je für mich getan hatte. Das war ich ihr irgendwie schuldig.

Man wusste schließlich nie, wann man seinen Gegenüber das letzte Mal sah. Ständig redeten die Leute sich ein, dass man ja noch Zeit hätte, um dies und jenes zu klären. Und dann plötzlich war es zu spät.

Ich würde mich bei meiner Mum nicht mehr dafür entschuldigen können, dass ich es unter diesem Dach mit der Trauer, die wir beide auf unsere ganz eigene Art und Weise ausgelebt hatten, nicht mehr ausgehalten hatte.

Ein Kloß bildete sich bei diesem Gedanken in meinem Hals.

»Dann werde ich Lara also fragen, ob sie Lust hat, mich zu begleiten«, sagte ich schnell, als ich spürte, wie mich der Sog der Erinnerungen in die Vergangenheit zu katapultieren drohte.

»Tu das, mein Junge. Wenn mich nicht alles täuscht, ist sie im Garten.«

Damit wandte sich Leonore von mir ab und begann Zwiebeln zu schneiden. Wenn ich Glück hatte, gab es heute Abend als Henkersmahlzeit Scottish Ale Stew, ein Leibgericht von mir, das neben Mum nur Leonore so kochte, dass ich nicht genug davon bekam.

»Sie wollen also mit mir zusammen zu diesem Loch Assynt fahren. Habe ich Sie da richtig verstanden?«

Lara schien nicht glauben zu wollen, was ich ihr soeben anbot. Wie auch? Noch vor wenigen Tagen hatte ich alles darangesetzt, dass sie schnellstmöglich aus meinem Leben verschwand, und jetzt bot ich ihr auf einmal einen gemeinsamen Trip zu einem nahe gelegenen See an. Das klang sicher nicht nur in meinen Ohren einen Hauch schizophren.

»Es wird behauptet, dass im Loch Assynt ein Verwandter von Nessi zu finden ist«, wich ich ihrer eigentlichen Frage aus.

»Nessi?«, hakte sie mit verengten Augen nach.

»Sie wissen schon. Das Seeungeheuer von Loch Ness. Nessi eben.«

Laras Lippen bildeten ein verstehendes »O«.

»Das klingt … nach einer guten Idee«, befand sie schließlich und lächelte verkniffen.

Wenn mich nicht alles täuschte, dann stand Leonore am Küchenfenster und bekräftigte sie gerade darin, mit mir zu kommen. Zumindest lag dieser Schluss nahe, da Lara immer wieder an mir vorbei in Richtung des Hauses blickte.

»Dann würde ich vorschlagen, dass wir gleich morgen früh losfahren. So gegen sechs Uhr?«

Lara schluckte schwer. Offenbar war sie keine Frühaufsteherin. Aber wenn es ums Angeln ging, waren nun mal gewisse Dinge zu beachten. Schließlich wollte ich ihr nicht imponieren, sondern Leonore einen Wunsch erfüllen. Das war alles.

»J-ja. Ich denke, das s-sollte machbar sein«, sagte sie etwas perplex.

»Prima, dann wäre das ja geklärt. Wir fahren dann schon am Abend wieder zurück. Sie brauchen also nichts weiter mitzunehmen.«

Und noch ehe meine Worte verklungen waren, hob ich die Hand zum Abschied und machte mich auf, irgendwo ein ungestörtes Fleckchen zu finden, wo ich mich gebührend auf die morgige Herausforderung vorbereiten konnte.

Ob man sich wohl schon gegen sechzehn Uhr ein Bier im Pub genehmigen durfte?

Kapitel 9

Lara

Was genau sollte ich denn für den heutigen Tag mit Cailan anziehen? Ein Kleid oder besser Shorts mit Shirt?

Leider hatte mir Cailan keine Angaben zu dem Tag am Loch Assynt gemacht. Ich wusste weder, ob wir dorthin wandern wollten oder uns vor Ort vielleicht sogar ein Boot nahmen.

Dummerweise war ich nach seiner Ankündigung so irritiert gewesen, dass ich gar nicht so recht wusste, was ich darauf erwidern sollte. Und beim Abendessen wollte ich das Thema nicht noch mal zur Sprache bringen. Schließlich hatte Cailan nicht den Eindruck gemacht, als würde er mich besonders gerne mitnehmen.

Leonore hatte ihn sicher darum gebeten. Was einerseits sehr lieb von ihr war. Auf diese Weise würde ich doch noch etwas von Land und Leuten sehen. Andererseits würde ich diesen Trip ausgerechnet mit Cailan machen müssen, der mir nach wie vor nicht besonders gewogen war. Ein zweischneidiges Schwert.

Zu allem Überfluss rief mich jetzt auch schon wieder meine Mutter an.

»Hi«, meldete ich mich schließlich nach dem dritten Klingeln.

»Was ihr jungen Leute immer mit diesen Anglizismen habt. Warum ist das für uns so traditionelle Hallo für die meisten von euch nicht mehr gut genug?«

Bei den ungehaltenen Worten meiner Mutter kniff ich die Augen fest zusammen. Diese Grundsatzdiskussion hatten wir schon während meiner Pubertät des Öfteren geführt. Und ich hatte keine davon gewonnen. Also hatte ich sie mir in ihrer Gegenwart irgendwann abgewöhnt.

»Entschuldige bitte. Ich bin doch gerade in Schottland im Urlaub. Da kann das schon mal passieren, denke ich«, bemühte ich mich um ihr Verständnis.

»Du bist bitte *wo*?« Sie klang, als hätte ich ihr ihr erstes Enkelkind vorenthalten.

»In Schottland. Am Clachtoll Beach. In einem schnuckeligen kleinen B&B«, erklärte ich und hoffte dabei inständig, dass sie mir die Tatsache nicht auch noch madig machen würde.«

Ein verächtliches Schnauben war in der Leitung zu hören.

»Marvin meinte schon, dass du gerade nicht im Lande bist. So was, so was. Nur gut, dass er trotzdem Zeit für uns gefunden hat. Es klappt alles ganz wunderbar. Meine Freundinnen und ich sind total zufrieden mit dem, was er für uns vorbereitet hat«, lobte meine Mutter meinen Ex in den höchsten Tönen.

Ein Grund mehr, ihr im Moment nichts von unserer Trennung zu erzählen. Aber woher wusste Marvin denn, dass ich im Ausland war? Ich hatte ihm in meiner Nachricht nichts davon geschrieben. Merkwürdig.

»Das freut mich«, sagte ich schließlich und zog dabei Shorts und eine schicke Bluse aus dem Schrank, die Marvin immer etwas zu bunt gewesen war.

Deshalb hatte ich sie in Würzburg bisher kaum getragen. Allerhöchstens mal auf der Arbeit. Aber dafür war sie eigentlich zu schade.

»Wir hören uns«, verkündete sie im nächsten Moment und schon war das Gespräch wieder beendet.

Keine Frage danach, wie es mir ging oder gar, wie es mir in Schottland gefiel.

Es war ja nicht so außergewöhnlich, dass meine Mutter nur über sich sprach und mich nie, wirklich nie danach fragte, wie mein Tag war oder ob mir etwas Kummer bereitete.

Das Außergewöhnliche lag wohl eher darin, dass mir dieses Ungleichgewicht mittlerweile zunehmend zusetzte. In einer Beziehung, egal in welcher, bestand das Miteinander doch aus Geben und Nehmen. Oder?

Noch ehe ich mich weiter mit diesem Thema auseinandersetzen konnte, klopfte jemand an die Tür.

»Sind Sie wach?«, fragte Cailan.

Ein Blick auf die Uhr verriet mir, dass es bereits zehn vor sechs war. In wenigen Minuten wollte Cailan losfahren, und ich hatte mich noch nicht mal umgezogen.

»Ja, ich bin wach«, rief ich und zog mir dabei den Pyjama über den Kopf.

»Ich fahre in zehn Minuten los. Wenn Sie dann nicht im Wagen sitzen, ist das Ihr Pech.«

Cailan war mal wieder die Liebenswürdigkeit in Person. Ob ich es dennoch wagen und mit ihm den Tag verbringen sollte?

»Zehn Minuten. Alles klar«, erwiderte ich und zog dabei den Reißverschluss meiner Shorts zu.

Nachdem Leonore das Ganze eingefädelt hatte, wollte ich jetzt keinen Rückzieher mehr machen. Egal, wie abweisend Cailan sich mir gegenüber gab. Auch diesen Tag würde ich irgendwie meistern. Schließlich hatte ich Übung darin, Menschen in meiner nächsten Nähe zu haben, denen es nur um ihr eigenes Wohl ging und die die Gefühle anderer Menschen mit Füßen traten.

»Der Loch Assynt ist ein Süßwassersee«, erklärte Cailan bei unserer Ankunft. »Entstanden ist der See im Eiszeitalter.« Dann deutete er auf eine Burgruine. »Auf dieser Halbinsel befindet sich Ardvreck Castle, die ehemalige Burg der MacLeods of Assynt.«

Staunend bewunderte ich meine Umgebung, die so anders war als alles, was ich in meinem Leben bisher gesehen hatte. Der Gletschersee lag ruhig vor uns und strahlte eine majestätische Schönheit aus, obwohl die Landschaft karg war.

Nur auf den kleinen Inseln direkt auf dem See oder am Ufer standen ein paar kahle Bäume.

Der morbide Charme war einzigartig und ließ mich für den Moment innehalten.

Cailan stand neben mir und tat es mir gleich. Wir sprachen kein Wort miteinander, ich fühlte den Ort und seine Geschichte, machte mich frei von allen Sorgen und genoss einzig und allein den Umstand, jetzt hier sein zu dürfen. Ihm ging es offenbar genauso.

»MacLeods of Assynt?«, fragte ich nach einer Weile. »Heißt das, dass die Burg und der See deiner Familie gehören?«

Cailan nickte.

»Inklusive eigenem Seeungeheuer.«

Cailan grinste und zwinkerte dabei vielsagend mit dem rechten Auge. Ich erwiderte sein Lächeln, bis sich die plötzliche Nähe und Vertrautheit ungewohnt anfühlte. Schließlich kannten wir uns kaum. Und ferner hatte er bisher keinen Hehl daraus gemacht, dass er mich nicht besonders leiden konnte. Wie sonst war seine schroffe Art mir gegenüber zu deuten?

Wir beide blickten uns so tief in die Augen, dass ich das Gefühl hatte, Raum und Zeit stünden still. Was passierte da nur?

»H-haben Sie e-es schon mal ge-gesehen?«, stammelte ich etwas unbeholfen, während ich den Blickkontakt zu ihm löste und, wie gebannt, hinaus auf den See starrte.

»Leider nein. Mein Dad hat immer behauptet, dass er Mhorag in seiner Kindheit gesehen hätte. Meinem Bruder und mir war eine Begegnung mit dem Ungeheuer leider nicht vergönnt. Aber vielleicht …«

Als er nicht weitersprach, sah ich abermals zu ihm und damit geradewegs in seine blauen Augen. Sie hatten so viel Tiefe und leuchteten geheimnisvoll. Es fiel mir schwer, nicht hinzusehen. Also wehrte ich mich nicht länger dagegen.

»Vielleicht?«, hakte ich nach, da mich die Geschichte interessierte.

Schon seit ich ganz klein war, liebte ich Märchen, Sagen und Legenden und konnte nicht genug davon bekommen. Märchen hatten meist ein Happy End und trösteten mich über mein zerrüttetes Elternhaus hinweg. Damals hatte ich noch fest daran geglaubt, dass alles gut werden würde. Später. Irgendwann. Dieser unerschütterliche Glaube hatte mich über so manche Hürde in meinem Leben gebracht, die zunächst viel zu schwierig erschienen war.

Und wo stand ich nun? Ich war achtundzwanzig Jahre alt, hatte mich gerade erst aus einer toxischen Beziehung gelöst und verbrachte meinen Urlaub in den Highlands, weitab von allem und jedem, den ich kannte. Dafür war Cailan an meiner Seite. Ein schottischer Dickkopf, der nur hier war, weil er Leonore einen Gefallen tun wollte.

Ich seufzte.

»Mein Dad meinte immer, dass Mhorag dann auftaucht, wenn man es am wenigsten erwartet. Wenn man also mit dem Gedanken auf das Boot steigt, dass man ihn heute womöglich sehen könnte, passiert es definitiv nicht. So oder so.«

Das Seeungeheuer tauchte also auf, wenn man nicht damit rechnete. Ein interessanter Gedanke.

»Dann müsste dieses Wesen ja wissen, was ein Mensch denkt«, äußerte ich meine Bedenken.

»Nun, ich denke, es gibt so einiges zwischen Himmel und Erde, was wir nicht deuten können. Mhorag würde ich definitiv dazuzählen«, meinte Cailan und machte sich dann daran, das Boot von der Ladefläche zu bekommen.

Ohne lange nachzufragen, half ich ihm. Dabei kamen wir uns so nahe, dass ich seinen Atem auf meiner Haut spüren konnte.

Abermals trafen sich unsere Blicke, während ich Cailans herben männlichen Duft wahrnahm. Er roch nach Minze und Moschus. Sein Mund war leicht geöffnet, als wollte er etwas sagen. Doch es kamen keine Worte heraus.

»Ich denke, es ist besser, wenn Sie das Boot auf der anderen Seite anheben«, sagte er schließlich und zerstörte dabei den Augenblick.

Mit einem »Na klar« war ich auch schon an der Stelle, an der er mich sehen wollte.

Weit weg von ihm.

Wenige Minuten später lag das Holzboot mitsamt seinen zwei Rudern am Ufer des Loch Assynt. Abermals blickte ich mich zu allein Seiten hin um und saugte dabei die Eindrücke der Landschaft wie ein Schwamm in mir auf.

Der blaue Himmel über uns, das glasklare Wasser, die Ruhe und die Sonnenstrahlen, die mich übermütig auf der Nase kitzelten – der Tag war einfach perfekt.

Ein plötzliches Glücksgefühl überkam mich. In diesem Moment hätte ich am liebsten die ganze Welt umarmt. Nicht nur das: Ich hatte das Gefühl, endlich dort angelangt zu sein, wo ich schon immer hinwollte. Ohne jedoch zu wissen, wo dieser Ort war. Klang das nur in meinen Ohren verrückt?

»Wie stehen Sie zum Angeln?«, fragte Cailan mich plötzlich.

»Ich bin Vegetarierin«, erklärte ich ihm.

Was nicht ganz stimmte. Ich aß schon auch Fleisch und Fisch. Aber mit Bedacht und nur an wenigen Tagen in der Woche. Die Vorstellung, Cailan könnte gleich auf dem See einen Fisch angeln und das Tier dann an Bord töten, zerstörte den himmlischen Moment gänzlich.

»Fein. Dann wird das heute ein interessanter Angelausflug«, erwiderte er und legte dabei seine Rute, die Köder und die Haken in das Boot.

»Angelausflug?«, fragte ich irritiert.

Das war das erste Mal, dass ich davon hörte, dass es sich bei unserem Tagesausflug zum Loch Assynt um einen Angelausflug handelte. Nie im Leben wäre ich mitgefahren, wenn ich gewusst hätte, worauf ich mich da heute einließ. Nicht mal Leonore zuliebe.

»Sie wissen schon. Man fährt mit dem Boot hinaus aufs Wasser, sitzt dann eine halbe Ewigkeit still herum und hält dabei seine Rute ins Wasser. Also nicht seine Rute«, erklärte er und lächelte schelmisch dabei. »Vielmehr die Angelrute. Sie verstehen?«

»Hm«, erwiderte ich wortkarg, als sich das Gespräch weiter unter der Gürtellinie abspielte.

Wie hatte es nur dazu kommen können? Es ging doch lediglich ums Angeln. Oder?

»Was ist jetzt? Kommen Sie mit oder warten Sie hier auf mich?«, stellte mich Cailan vor die Wahl.

Abermals sah ich mich zu allen Seiten hin um. Die Ruhe und die Einsamkeit waren sehr schön, wenn man noch jemanden bei sich hatte. Die Vorstellung, ganz allein hier in dieser Abgeschiedenheit herumzuwandern, behagte mir trotz der wunderschönen Landschaft nicht. Also blieb mir nur eine Alternative.

»Ich komme mit«, willigte ich schließlich ein.

Cailan quittierte meine Antwort mit einem selbstgefälligen Lächeln. Aber das würde ihm schon noch vergehen. Denn ich würde es mit Sicherheit nicht zulassen, dass er ein armes unschuldiges Wesen mit welcher Rute auch immer anlockte und tötete.

»Na dann«, sagte er schließlich und bot mir seine Hand an, um ins Boot einsteigen zu können.

Zögernd sah ich zuerst auf die Hand und dann auf das Boot, das noch immer am Ufer darauf wartete, endlich zu Wasser gelassen zu werden.

Als meine Finger Cailans berührten, zuckte ich im ersten Moment vor ihm zurück. Es fühlte sich merkwürdig und ungewohnt an, ihn zu berühren. Am verblüffendsten war jedoch, was dieses Gefühl in mir anrichtete. So aufgewühlt war ich schon lange nicht mehr gewesen. Nicht einmal damals, als ich davon ausging, Marvin würde mir endlich einen Heiratsantrag machen. Am Ende waren es nur zwei Kinogutscheine und eine XXL-Packung Popcorn gewesen, die er mir freimütig zu meinem Geburtstag geschenkt hatte. Nicht ohne mich darauf hinzuweisen, dass wir uns das Popcorn teilen würden.

»Danke«, sagte ich etwas scheu, als Cailan mir in das Boot geholfen hatte.

Bevor er selbst einstieg, schob er es mit mir darin in Richtung des Wassers. Die Ruder links und rechts schlugen gegen das Holz. Das Boot ruckelte, ehe es ins Wasser glitt und geschmeidig seine Bahnen ziehen konnte.

Cailan sprang gefühlt im letzten Moment auf. Die Art und Weise, wie er es tat, zeugte davon, wie routiniert er in dem war, was er tat. Seine Armmuskeln waren angespannt. So sehr, dass ich sie sogar durch das Shirt hindurch gut sehen konnte. Die Jeans saßen für meinen Geschmack ein wenig zu eng, boten dadurch aber einen besonders guten Blick auf seinen Knackarsch.

Was zur Hölle machte ich mir da bloß für Gedanken? Schließlich ging es bei dem männlichen Exemplar da vor mir um Cailan. Den Cailan, der mich noch vor wenigen Tagen trotz einer Notsituation vor seiner Türschwelle abgewiesen hatte und der kaum ein nettes Wort für mich aufbringen konnte.

»Ist es Ihnen recht, wenn ich rudere?«, riss er mich aus den Gedanken.

»Ähm, ja. Ich denke schon«, erwiderte ich perplex.

Mit dieser Frage hätte ich nicht gerechnet.

»Also nur Vegetarierin und keine Feministin?«, fragte er mich spöttisch.

»Wie bitte?«, fragte ich empört.

»Nichts für ungut. Sollte nur ein kleiner Scherz sein«, behauptete er schelmisch grinsend, während ich nicht lachte.

Die nächsten drei Stunden saßen wir nur mit einer Flasche Wasser und den zwei Lunchpaketen im Boot mitten auf dem See und warteten darauf, dass endlich ein Fisch anbiss. Die Tiere hatten offenbar ähnlich wie Mhorag gespürt, dass ich ihnen eine Botschaft geschickt hatte: nämlich, dass sie sich so weit von diesem Boot entfernen sollten wie nur möglich.

Und bisher war diese Taktik auch verdammt gut aufgegangen.

Dummerweise bekam ich allmählich Hunger, wagte es jedoch nicht, das Papier, das um das Sandwich gewickelt war, zu lösen. Befürchtete ich doch, dass Cailan mich dafür bis an mein Lebensende hassen würde. Denn vermutlich würde just in diesem Moment ein Fisch anbeißen, der auf mein Rascheln hin das Weite suchte.

»Was halten Sie von einer Pause? Ich komme um vor Hunger«, fragte Cailan keine fünf Sekunden später.

Gedankenübertragung?

»Das klingt nach einem guten Plan.«

Mein Magen knurrte prompt und ließ Cailan grinsen.

»Wie lange haben Sie schon Hunger?«, wollte er wissen.

Ich überlegte kurz.

»Nun, da ich heute um fünf Uhr aufgestanden bin und bisher noch nichts gegessen habe, würde ich behaupten, dass ich schon Hunger hatte, als wir das Cottage verließen.«

Cailan sah mich mit amüsiertem Blick an.

»Dann wird es aber Zeit. Nicht, dass mir Leonore demnächst noch vorwerfen kann, ich würde meine Gäste verhungern lassen.«

Er reichte mir eines der Lunch-Pakete.

»Extra für Sie mit Käse und Gurken. Der Zufall muss auf Ihrer Seite gewesen sein. Für gewöhnlich belege ich meine Sandwiches immer mit Schinken.«

Gerade wollte ich mich schon dafür bedanken, entschied mich dann jedoch dagegen, als ich spürte, wie abwegig Cailan es fand, dass man ein Sandwich ohne Fleisch essen konnte.

»Wie lange dauert es normalerweise, bis ein Fisch anbeißt?«, bemühte ich mich, Interesse an Cailans Hobby zu zeigen.

Er machte eine Kippbewegung mit seiner Hand erst zur einen, dann zur anderen Seite.

»Das kommt immer darauf an. Ich kann mich noch an einen Ausflug mit meinem Dad und meinem Bruder an den Loch Assynt erinnern, bei dem wir fast acht Stunden herumsaßen. Aber es hat sich gelohnt. Am Ende hatten wir eine riesige Bachschmerle, ein Rotauge und einen Powan, der sehr selten ist und nur in zwei schottischen Süßgewässern vorkommt, aus dem See herausgeholt. Dad war mächtig stolz auf Jimmy und mich. Wir waren damals noch recht klein und haben dennoch stillgehalten und geduldig abgewartet.« Er lachte. »Keine Ahnung, wie wir das damals geschafft haben. Aber ich weiß noch, dass mir die Stunden hier auf dem Wasser unendlich vorgekommen waren und ich so froh war, als ich nicht mehr auf der harten Bank sitzen musste.«

»Ich war noch nie angeln«, gab ich zu.

Cailan lachte.

»Nicht weiter verwunderlich als Vegetarierin. Oder?«

Daraufhin schüttelte ich den Kopf.

»Ich bin erst seit ein paar Jahren dazu übergegangen, kein Fleisch mehr zu essen. Es gibt wunderbare Alternativen. Wie gestern bei dem Gulasch.«

Cailan sah mich bei meinen Worten mit leicht schrägt gelegtem Kopf an.

»Das Ale Stew war ohne Fleisch?«, fragte er ungläubig und wirkte dabei, als hätte ich ein Sakrileg begangen.

»Ja, mit Tofu und Pilzen«, erwiderte ich etwas kleinlaut.

Cailan schüttelte den Kopf.

»Das ist mir gar nicht so aufgefallen. Aber die Soße hat doch geschmeckt wie immer«, warf er ein.

»Leonore hat alles wie immer gemacht. Nur eben ohne Fleisch«, gestand ich schulterzuckend ein.

Mit einem »Verrückt« biss Cailan in sein Schinkensandwich und blickte dabei hinaus aufs offene Wasser.

Nach wie vor waren wir offenbar die Einzigen, die heute zum Angeln hierhergekommen waren. Nicht weiter verwunderlich, da es ein Tag unter der Woche war. An den

Wochenenden herrschte hier sicher reger Verkehr, und man hatte Mühe, sich auszuweichen.

»Sind Sie das erste Mal in Schottland?«

Sein Interesse ehrte mich ein wenig. Gut möglich allerdings, dass er die Stille einfach nicht länger ausgehalten hatte.

»Ja, ich war bisher noch nie hier. Nur mit meinen Eltern bin ich ein paarmal in Cornwall gewesen. Aber da war ich noch klein. Die beiden sind seit einer halben Ewigkeit geschieden.«

Keine Ahnung, warum ich ihm so bereitwillig von meiner zerrütteten Familie berichtete. Das musste Mhorag sein, der offenbar noch ganz andere Fähigkeiten besaß als bisher geglaubt.

»Das mit Ihren Eltern tut mir leid.«

Ich machte eine wegwerfende Handbewegung.

»Ach, das ist schon so lange her«, behauptete ich.

Dabei fühlte es sich auch nach all der Zeit noch so an, als wäre es erst gestern gewesen, als meine heile Welt von heute auf morgen auseinanderbrach. Denn bevor meine Eltern schließlich den letzten Schritt gingen und sich trennten, hatten sie keine Gelegenheit ausgelassen, um sich zu streiten.

Nächtelang hatte ich wach gelegen und geweint. Ständig hatte ich mich gefragt, was ich wohl machen müsste, damit sich die beiden besser verstanden und weniger stritten. Oft hatte ich sogar geglaubt, ich wäre schuld an allem.

Aus dieser Zeit hatte ich so manche seelische Narbe davongetragen. Und auch wenn ich mittlerweile wusste, dass es nicht meine Schuld gewesen war und meine Eltern sich auch getrennt hätten, wenn es mich gar nicht gegeben hätte, kämpfte ich bis heute mit dem Umstand, nicht zu wissen, wo ich hingehörte.

Jeder von uns hing noch eine Weile seinen eigenen Gedanken nach. Ob Cailan wohl an seine Familie dachte?

»Eigentlich hatte ich gar nicht an den See fahren wollen. Leonore meinte, es täte mir sicher gut. Aber je länger ich hier bin, desto weniger bin ich ihrer Meinung. Alles hier erinnert mich an meine Eltern, besonders an meinen Vater und an meinen Bruder. Und der quälende Gedanke, dass ich sie nie wiedersehen werde, raubt mir fast den Atem.«

Völlig unverhofft äußerte Cailan mir gegenüber seine Gefühle, als hätte er nur darauf gewartet, sich endlich jemandem anvertrauen zu können.

»Die Menschen, die wir verloren haben, leben in unseren Erinnerungen weiter. Niemand ist wirklich tot, solange jemand an ihn denkt.«

Cailan sah mich mit großen Augen an.

»Ja, vielleicht haben Sie recht. Das hört sich schön und irgendwie tröstlich an.«

Ich nickte.

»Immanuel Kant hat das mal gesagt. Und ich finde, er hat recht.«

Da Cailan offenbar den Urheber dieses Gedankens nicht kannte, wollte ich ihn nicht in dem Glauben lassen, ich hätte mir das ausgedacht.

»Kant also. Guter Mann«, behauptete er, während er über seinen Sinnspruch noch nachzudenken schien.

Dann knüllte er abrupt sein Papier zusammen und legte es auf den Boden des Bootes.

»Sind Sie fertig? Dann würde ich gerne wieder mein Glück versuchen.«

Wie zur Erklärung hob er seine Angelrute in die Höhe. Er wollte es also nach wie vor nicht aufgeben und den armen Fischen zu Leibe rücken.

Nickend bestätigte ich ihm, dass er sein Werk fortsetzen konnte, während ich den Fischen des Sees abermals meine Botschaft zukommen ließ.

Sie schien angekommen zu sein. Denn auch in den nächsten drei Stunden passierte rein gar nichts. Außer dass ich aufs Klo musste. Und das zunehmend dringlicher.

»Wie lange bleiben wir denn noch auf dem See?«, wagte ich schließlich, flüsternd zu fragen, als ich das Gefühl hatte, meine Blase könnte mir jeden Moment ihren Dienst versagen.

»Wieso?«, fragte Cailan, ohne mich dabei auch nur anzusehen.

»Na ja …«, druckste ich herum.

Erst da hatte ich seine volle Aufmerksamkeit.

»Ja?«

»Ich müsste mal«, gestand ich kleinlaut.

Cailan zog seine Augenbrauen bis zum Haaransatz hoch und bildete ein »O« mit seinen Lippen.

»Daran hatte ich gar nicht gedacht. Wir Jungs haben früher einfach die Hosen runtergelassen und in den See gepinkelt. Das könnte bei Ihnen schwierig werden, schätze ich.«

Während mir die Schamesröte bis unter den Scheitel stieg, lachte Cailan amüsiert. Ohnehin schien er den Tag in vollen Zügen zu genießen. Und das ganz besonders, weil er sich ständig über mich lustig machen konnte. Idiot!

Als er keine Anstalten machte, an Land zu rudern, hakte ich nach: »Also?«

»Oh, Sie müssen dringend«, stellte er schließlich fest.

Ein Blitzchecker. Nicht.

»Ja, sieht ganz danach aus.«

»Schaffen wir es noch bis zurück zum Ufer?«

Unsicher wiegte ich meinen Kopf erst zur einen und dann zur anderen Seite.

»Okay, das ist eindeutig«, meinte Cailan auf meine unschlüssige Regung hin.

Noch ehe ich etwas erwidern konnte, nahm er die Ruder in die Hand und legte sich in die Riemen. Wenig später gelangten wir zu der kleinen Insel mit der Burgruine. Auf der nur die Ruine stand. Eine Ruine, von der, wohlgemerkt, nicht sonderlich viel übrig war und die nicht besonders blickdicht wirkte.

»Hier?«, fragte ich ungläubig.

»Das ist alles, was ich Ihnen auf die Schnelle bieten kann. Beim nächsten Mal wäre es hilfreich, wenn Sie mir zeitnah über Ihre drängendsten Bedürfnisse Bescheid geben.«

Dann reichte er mir die Hand und half mir, an Land zu gehen.

»Oh, ich denke nicht, dass es ein nächstes Mal geben wird«, gab ich mich selbstsicher.

Keine zehn Pferde würden mich nach diesem Tag noch mal auf ein Boot mit Cailan MacLeod bringen. So wahr ich hier stand und mir beinahe in die Hose pinkelte.

»Drehen Sie sich um!«, befahl ich ihm, als er mich mit diesem schiefen Grinsen bedachte, das ihm etwas Verwegenes schenkte.

Er deutete auf sich, als stünde zu befürchten, ich könnte jemand anderen meinen.

Genervt verdrehte ich die Augen.

»Ist ja schon gut. Ich drehe mich um. Besser so?«, fragte er, als er mir endlich den Rücken zugedreht hatte.

Anstatt ihm zu antworten, machte ich mich auf die Suche nach einer Mauer, hinter der ich in die Hocke gehen konnte und geschützt vor Cailans Blicken war.

Mit den Worten »Schickes getigertes Höschen haben Sie da an« begrüßte mich Cailan zurück an Bord, kaum dass ich mich hingesetzt hatte.

Ich errötete bereits und wollte ihn zur Rede stellen, was ihm denn einfiele, mir beim Pinkeln zuzusehen, als mir bewusst wurde, dass er mich nur veräppeln wollte. Mein Slip war überhaupt nicht getigert. Das wusste ich so genau, weil ich keinen getigerten Slip mein Eigen nannte.

»Netter Versuch«, erwiderte ich bissig.

»Oh, da fährt wohl jemand seine Krallen aus«, machte er sich weiter auf meine Kosten lustig.

»Glauben Sie mir, Cailan, Sie wollen gar nicht, dass ich das tue. Und zu Ihrem eigenen Schutz: Lassen Sie mich jetzt besser in Ruhe.«

Mit einem anerkennenden »Wow!« hob Cailan die Hände in die Höhe, um mir zu verdeutlichen, dass ich gewonnen hatte. Zumindest für den Moment.

Denn jetzt war erst mal wieder Sitzfleisch trainieren angesagt. Weitere zwei Stunden vergingen, in denen absolut nichts passierte. Ich wollte Cailan schon bitten, zurück ans Ufer zu fahren, als sich die Angelschnur spannte. Offenbar hatte etwas angebissen.

Cailan bedeutete mir mit dem Zeigefinger vor dem Mund, ich möge jetzt bitte ganz still sein.

Hin- und hergerissen zwischen dem Wunsch, ihn nicht zu verärgern, und dem Bedürfnis, dem Fisch das Leben zu retten, musste ich eine Entscheidung treffen. Eine Entscheidung, die unsere weitere Beziehung definitiv verändern würde. Nur nicht zum Positiven. Das stand außer Frage.

Cailan bekam von meinem inneren Dilemma gar nichts mit. Er war ganz und gar darauf fixiert, sich den Fisch zu schnappen, der ihm nach all den Stunden des Wartens endlich an den Haken gegangen war.

Er kurbelte die Schnur hoch, nicht ohne sie jedoch auf Spannung zu halten. Hoch konzentriert ging er seiner Tätigkeit nach.

Nicht mehr lange und der Fisch würde aus dem Wasser gezogen werden. Wenn ich handeln wollte, dann musste ich mir dringend etwas einfallen lassen. Denn sollte Cailan den Fisch in die Finger bekommen, würde er ihn mit Sicherheit nicht mehr zurück ins Wasser geben. Das stand außer Frage.

»Gleich hab ich ihn«, rief er stolz, während ich mir der Tatsache bewusst wurde, dass nun meine Stunde gekommen war.

»Nein, lassen Sie das Tier in Ruhe«, forderte ich bestimmt und erhob mich von meinem Platz.

Cailan tat es mir gleich, und schon wenige Sekunden später rangen wir beide um die Angelrute, die ich zuvor nicht einmal anzufassen gewagt hatte.

Das Boot kam beachtlich ins Schwanken. Ich versuchte mein Gleichgewicht zu halten, doch die Rangelei mit Cailan verhinderte, dass ich es überhaupt fand. Als ich glaubte, die

Sache könnte noch gut für mich ausgehen, gerieten wir beide derart ins Wanken, dass wir uns panische Blicke zuwarfen, ehe wir schließlich kenterten und wie zwei Steine in den See plumpsten.

Das Boot drehte sich zu allem Unglück auch noch herum und die beiden Ruder fielen kerzengerade gen Grund. Cailan setzte alles daran, sie zu fassen zu bekommen. Letztlich konnte er jedoch nur eines retten.

Keuchend und fluchend tauchte Cailan nicht weit von mir auf. Neben dem zweiten Ruder war auch seine Angelrute im See verschwunden.

»Was, verdammt noch mal, sollte das denn?«

Vor Wut schäumend blickte er mich an. Ich befürchtete bereits, dass er mich gleich hier an Ort und Stelle töten würde, als er von mir abließ und versuchte, das Boot wieder umzudrehen.

»Es tut mir leid«, sagte ich kleinlaut und paddelte hilflos in dem eiskalten Wasser.

»Was genau? Dass wir ins Wasser gefallen sind? Dass die Angelrute, die ich von meinem Dad geerbt habe, für immer verloren ist? Dass wir nur noch ein Ruder haben und damit vermutlich eine halbe Ewigkeit benötigen, um an Land zu kommen?«

Cailan tauchte im nächsten Moment unter das Boot, sodass ich einen Moment hatte, um mich zu sammeln.

Keine Minute später tauchte er abermals neben mir auf.

»Es tut mir wirklich sehr leid«, sagte ich, auch auf die Gefahr hin, mich zu wiederholen.

Das, was da gerade passiert war, hatte ich ganz sicher nicht vorgehabt. Und es tat mir schrecklich leid. Der einzige Lichtblick war, dass der Fisch überlebt hatte. Zumindest dann, wenn er nicht vom Ruder des Bootes getroffen worden war.

»Das sagten Sie bereits«, erwiderte Cailan distanziert.

Er sah nicht mal zu mir.

»Meinen Sie, Sie schaffen es auf das Boot?«, fragte er schon im nächsten Moment.

»Ich verstehe nicht …«, erwiderte ich perplex.

»Da ich mich nicht am Grund des Sees abstoßen kann, um das Boot zu drehen, werden wir uns etwas überlegen müssen, wie wir samt Boot ans Ufer gelangen. Wenn Sie es schaffen würden, sich obendrauf zu setzen, könnte ich mit dem verbliebenen Ruder versuchen, an Land zu gelangen. Ich müsste es dann zwar wie ein Paddel einsetzen, aber der Zweck heiligt ja bekanntlich die Mittel.«

»Und wenn wir das Boot auf die kleine Insel mit der Ruine bringen würden? Da könnten wir es dann drehen.«

Cailan schüttelte den Kopf.

»Wir befinden uns gerade ziemlich genau auf halber Strecke zwischen der Insel und dem Ufer, an dem mein Wagen steht. Da ich dank Ihres Einsatzes ohnehin nur noch ein Ruder besitze, um uns hier rauszubringen, habe ich keine

Ahnung, wie lange das dauern wird. Und es geht schon gegen späten Nachmittag zu. Außerdem sind unsere Kleider pitschnass.«

Cailans Argumente waren ziemlich treffend. Mit jedem weiteren Wort aus seinem Mund wuchs mein schlechtes Gewissen ins Unermessliche an.

»Ich versuche es«, zeigte ich schließlich die Bereitschaft, mich einzubringen.

Was vermutlich auch besser war. Am Ende überließ Cailan mich noch mir selbst. Schließlich hatte ich uns beide in diese missliche Lage gebracht.

»Ach, und nur fürs Protokoll: Ich hätte den Fisch wieder zurück ins Wasser geworfen. Ich esse ihn nicht besonders gerne«, sagte Cailan und verflocht seine Hände dabei zu einer Räuberleiter, damit ich draufsteigen und aufs Boot klettern konnte.

»Wir saßen also eine geraume Zeit auf diesem Boot fest, um zu angeln, und das nur zum …«

»… Spaß. Genau. Und um abzuschalten. Ich kenne kaum einen Ort, an dem es sich besser zu sich selbst finden lässt.«

Wahre Worte!

Nie im Leben hätte ich Cailan so viel Tiefgang zugetraut. Für mich war er der Snob, der lieber in die Großstadt abgedampft war, als seiner Familie in schwierigen Zeiten den Rücken zu stärken. Ob ich ihn wohl falsch eingeschätzt hatte?

»Was ist nun? Wollen Sie einen Versuch starten oder soll ich Sie Mhorag überlassen?«

Auch wenn ich nicht wirklich an dieses Fabelwesen glaubte, konnte man ja nie wissen, was sonst noch so in diesem See beheimatet war. Am Ende knabberten mir die Fische, die ich zu retten versucht hatte, noch die Zehen an.

Beherzt krallte ich mich mit beiden Händen an der Unterseite des Bootes fest und versuchte mit meinem rechten Fuß in Cailans Räuberleiter Halt zu finden. Es brauchte zwei, drei Anläufe, aber dann befand ich mich tatsächlich oben auf.

Nach einigen Augenblicken, in denen ich erst wieder Kraft tanken musste, bot ich Cailan meine helfende Hand an.

Mit skeptischem Blick sah er auf meine Finger.

»Ich bin mir nicht sicher, ob ich sie annehmen sollte.«

Genervt verdrehte ich die Augen.

»Wenn Sie jetzt brav sind, lass ich Sie im entscheidenden Moment auch nicht los«, versprach ich.

»Ich denke, wir sollten das nicht länger tun«, sagte er mit diesem verschmitzten Lächeln auf den Lippen.

»Was denn?«, hakte ich irritiert nach.

»Na, uns siezen. Menschen, die zusammen gekentert sind – aus welchen Gründen auch immer –, sollten sich duzen, finde ich«, sagte er bestimmt.

»Ähm, ja … Also von mir aus … Ich bin Lara«, stellte ich mich vor.

»Und ich bin Cailan«, erwiderte er und legte dabei seine Hand in meine.

Während unsere Hände so ineinander lagen, hatte ich das Gefühl, die Zeit würde einfach stillstehen. Alles um uns herum spielte keine Rolle mehr. Ich spürte nicht mal mehr den Wind auf der Haut, der sich mittlerweile ziemlich kalt anfühlen musste.

»Wollen wir dann?«, fragte Cailan in die Stille hinein und sah mich dabei nach wie vor tiefgründig und irgendwie verheißungsvoll an.

»Ähm, w-was?«, stotterte ich verlegen.

Er lachte.

»Du wolltest mir doch aufs Boot helfen. Erinnerst du dich?«

Stimmt ja! Ich wusste, dass da noch etwas war. Dabei hatte ich bei Cailans Worten an etwas ganz anderes gedacht. In meiner Vorstellung hatten unsere Lippen dabei eine entscheidende Rolle gespielt. Und kalt war mir danach auch nicht mehr gewesen.

Allein beim Gedanken daran schoss mir die Schamesröte ins Gesicht.

Was tat ich da bloß? Cailan war ein Macho, ein ichbezogener Idiot, der nur an sich dachte. Noch vor wenigen Tagen war es ihm vollkommen egal gewesen, was aus mir wurde. Er hätte mir ohne Gewissensbisse die Tür vor der Nase zugeschlagen. Wie konnte ich nur solche Fantasien mit ihm haben? Ich mochte ihn doch nicht mal. Duzen hin oder her.

»A ja. Natürlich. Sorry. Alles ein bisschen ungewohnt«, versuchte ich mich herauszureden und wagte es dabei nicht, Cailan direkt in die Augen zu sehen.

»Hey, ohne dich säßen wir beide noch immer in einem trockenen Boot«, stichelte er weiter.

Seine herausfordernde Art machte mich ganz wahnsinnig. Anstatt die Energie, die daraus entstand, darauf zu verschwenden, ihm etwas Bissiges zu erwidern, nutzte ich den Schwung, um ihn an Bord – konnte man das so überhaupt nennen, wenn man auf der Unterseite eines Bootes saß? Egal! – zu hieven.

Dabei hatte ich einen solchen Schwung, dass Cailan tatsächlich schon im nächsten Moment neben mir lag.

»Das nenne ich mal Frauenpower«, sagte er scherzend und versuchte dabei, sich aufzusetzen.

Zweimal wäre er dabei fast zurück in den See geplumpst. Zum Glück war es nicht so weit gekommen. Und das, obwohl er in der einen Hand sogar noch das Ruder hielt. Unsere einzig verbliebene Hoffnung, ans Ufer zurückzukommen.

»Ich denke, das Beste wird sein, wenn du dich vor mich setzt und ich hinter dir mit dem Ruder paddele.«

»Hinter mir?«, fragte ich beunruhigt.

Wie gut würden meine ohnehin bereits strapazierten Nerven so viel Nähe zu Cailan wohl verkraften? Wenn ich da an die Fantasien von gerade eben dachte … Die bekamen damit doch nur noch mehr Aufwind. Die frechen Biester.

»Du solltest lieber kein weiteres Mal ins Wasser fallen. Besser, wir schonen unsere Kräfte und sehen zu, dass wir möglichst schnell das Ufer erreichen. Hilfe kann ich keine mehr rufen, da mein Handy mit mir baden gegangen ist!«

Mist! Daran hatte ich gar nicht gedacht.

Zum Glück hatte ich mein Smartphone auf dem Zimmer im B&B gelassen. Glück für das Gerät. Aber Pech für uns. So würden wir im Ernstfall auch keine Hilfe rufen können.

Aber noch wollte ich die Hoffnung nicht aufgeben. Cailans Oberarme waren muskulös. Er würde uns sicher in Nullkommanichts ans Ufer des Sees bringen, und dann wäre diese leidige Episode bald schon Schnee von gestern.

»Geht das so?«, fragte Cailan, der sich in der Zwischenzeit hinter mich gesetzt hatte.

Sein warmer Atem streifte meinen Nacken und trieb mir augenblicklich eine Gänsehaut über den ganzen Körper. Oder lag das am Ende nur an den nassen Klamotten?

»Ja, ja, das geht schon«, beeilte ich mich zu sagen und mir dabei nicht anmerken zu lassen, wie es gerade um mich stand.

»Dann sehe ich mal zu, dass ich uns ins Trockene bringe.«

Nach einer gefühlten Ewigkeit kamen wir an der Stelle am See an, wo Cailan seinen Wagen geparkt hatte. Der Nachmittag war weit vorangeschritten. Nicht mehr lange und die Sonne würde allmählich untergehen.

Auch wenn dieser Moment hier am Loch Assynt sicher etwas Magisches an sich hatte, wollte ich so schnell wie möglich zurück ins Cottage. Meine Zähne klapperten vor Kälte. Ich musste dringend aus den nassen Klamotten heraus, wenn ich mich nicht verkühlen wollte. Mit siebzehn hatte ich die Bekanntschaft mit einer Nierenbeckenentzündung gemacht. Die Erfahrung war so schmerzvoll gewesen, dass ich mich der Gefahr kein zweites Mal aussetzen wollte.

»Wir haben es geschafft«, verkündete Cailan stolz, während ich mich schrecklich fühlte.

Schließlich hatte ich nicht nur dafür gesorgt, dass wir unfreiwillig baden gegangen waren, nein, ich hatte auch nichts dazu beigetragen, ans Ufer zu gelangen. Das war einzig und allein Cailans Verdienst.

Und auch wenn ich es ungern zugab, er hatte sich wahrlich gut geschlagen und mir während der Überfahrt sogar nur einmal vorgeworfen, dass wir ausschließlich meinetwegen in dieser Lage steckten.

»Gott sei Dank«, sagte ich, als ich wieder Boden unter den Füßen hatte.

Am liebsten hätte ich die Erde unter meinen Füßen geküsst. Aber das schien mir dann doch etwas zu pathetisch.

»Gott hatte mit unserer Rettung rein gar nichts am Hut. Das hast du einzig und allein mir zu verdanken«, lobte Cailan sich selbst.

»Eigenlob stinkt«, erwiderte ich trotzig, auch wenn ich ihm recht geben musste.

Wäre er nicht gewesen, wäre ich sicher nicht unbeschadet zurück ans Ufer gekommen. Aber ohne Cailan wäre ich vermutlich auch nicht mit einem Ruderboot auf einen mir unbekannten See zum Angeln gefahren.

»Besser stinken als sterben. Oder?«, erwiderte er selbstgefällig.

»Wir sollten zusehen, dass wir von hier wegkommen«, wechselte ich unvermittelt das Thema.

Schließlich waren wir keine kleinen Kinder mehr, sondern erwachsene Menschen.

»Ausziehen«, befahl derweil Cailan, der sich in der Zwischenzeit an seinem Kofferraum zu schaffen machte.

»Wie bitte?«, fragte ich verwundert.

»Ich habe hier noch zwei Decken im Wagen. Wir sollten uns die kalten nassen Klamotten vom Leib schälen und schnell etwas Wärme abbekommen. Im Auto mache ich dann gleich die Sitzheizung an. Bis wir zu Hause sind, werden wir uns schon nicht mehr ganz so erfroren fühlen. Versprochen.«

Dankend nahm ich die Decke entgegen, die er mir hinstreckte. Sie war nicht besonders dick. Eine von der Sorte, die man für jede Eventualität im Wagen haben sollte. Bisher hatte ich immer gedacht, sie käme in dem Fall zum Einsatz, dass man mit dem Auto liegen blieb. Man lernte offenbar nie aus.

»Könntest du dich bitte umdrehen?«, sagte ich schließlich, als Cailan keine Anstalten machte, mir den nötigen Raum zu geben, um mich umzuziehen.

»Von mir aus«, erwiderte er widerwillig. »Dabei kenne ich die Unterhose doch schon. Und die nassen Klamotten geben eindeutig Auskunft über den Rest.«

»Trotzdem«, pfefferte ich ihm um die Ohren und verschränkte wie ein bockiges Kind die Arme vor dem Körper.

»Ich bin dann mal hinter dem Wagen und ziehe mich um«, vermeldete er im Gehen, während ich mich zu allen Seiten hin umsah und mir mal wieder der Schönheit meiner Umgebung bewusst wurde.

Dummerweise hatte sie aber auch einen riesengroßen Makel: Es gab weit und breit keinen einzigen Baum.

Das konnte doch nicht wahr sein! Wie viel Pech konnte ein einzelner Mensch nur haben?

»Ich wäre dann so weit«, meinte Cailan und stand plötzlich mit nacktem Oberkörper vor mir.

Die Decke hatte er locker um seine Hüften geschlungen.

Auch wenn ich mich dazu zwang, wegzusehen, wollte es mir nicht so recht gelingen. Mein Blick haftete auf jeder einzelnen ausgeprägten Muskelpartie auf seinem Bauch. Ein so wohldefiniertes Sixpack hatte ich noch nie gesehen. Vor allem hätte ich ihm diesen gar nicht zugetraut.

Ja, seine Oberarme waren muskulös. Das ohne Frage. Aber ein Sixpack erforderte ein gewisses Maß an Disziplin und Ausdauer. Beides hatte ich bei Cailan nicht vermutet, nachdem er in schwierigen Zeiten lieber das Weite gesucht hatte, als hier bei seiner Familie zu bleiben und sich den Problemen zu stellen.

»Ähm, i-ich noch n-nicht«, stammelte ich verlegen.

Trotz der Kälte wurde mir schlagartig heiß.

»Gefällt dir, was du siehst?«, fragte er mit verheißungsvoller Stimme, während er mich dabei selbstgefällig angrinste.

»Was? Nein! Auf gar keinen Fall. Ich mag keine Sixpacks. Die sind so … so perfekt.«

Cailan lachte.

»Und perfekt ist …«

»… langweilig«, behauptete ich und biss mir dabei fast auf die Zunge.

Kleine Sünden und so.

»Wir sollten die Diskussion in das Innere des Wagens verlagern. Mir ist kalt. Dir geht es sicher nicht anders.«

Kaum dass ich hinter den Wagen gegangen war und damit begonnen hatte, mich umzuziehen, hörte ich Cailan fluchen.

»Was ist denn passiert?«, fragte ich nach, als ich mir die Decke um den Körper geschlungen und meine Sachen zu Cailans in den Kofferraum gepackt hatte.

»Gerade noch habe ich mich darüber gefreut, dass der Sensor des Schlüssels für meinen Wagen nichts abbekommen hat, obwohl er bei meinem unfreiwilligen Tauchgang dabei war. Doch nun muss ich feststellen, dass ich den Motor nicht starten kann.«

Irritiert blickte ich von ihm zum Zündschloss.

Ich hatte gar kein Geräusch gehört, das bei einem solchen Versuch doch meist vor sich hin stotterte.

»Er gibt keinen Mucks mehr von sich. Ich nehme an, dass es mal wieder die Batterie ist. Ich habe sie bereits dreimal wechseln lassen, war in unzähligen Werkstätten. Keiner kann mir sagen, woran es liegt. Das ist wirklich extrem nervig.«

Während Cailan seinen Frust abließ, indem er mit der flachen Hand gegen das Lenkrad schlug, versuchte ich zu ergründen, was seine Informationen für uns bedeuteten.

»Heißt das, dass wir hier … gestrandet sind?«, fragte ich ungläubig nach.

Cailan nickte.

»Sieht ganz danach aus.«

»Aber das geht doch nicht. Auf der Herfahrt habe ich weit und breit keine Menschenseele gesehen.« Suchend sah ich mich um. »Hier ist auch niemand. Wie sollen wir Hilfe rufen? Dein Handy ist im Eimer, und meins liegt im B&B. Wir werden … sterben.«

Als mir Tränen in die Augen schossen, legte Cailan seine starken Hände auf meine Oberarme und versuchte mich zu beruhigen.

»Schsch. Alles wird gut. Okay? Niemand wird sterben. Ich habe noch eine Tüte Chips und zwei Flaschen Bier im Auto. Außerdem befindet sich im Kofferraum ein Zelt, das ich von meinem letzten Trip noch dabeihabe.«

»W-wir s-sollen hier ü-übernachten?«, stotterte ich einer Panikattacke nahe.

Auf offenem Terrain und ungeschützt vor wilden Tieren die Nacht zu verbringen, war nicht unbedingt das, was ich mir schon immer einmal gewünscht hatte. Gab es in Schottland nicht Wölfe? Und Bären? Schlangen?

»Es wäre unverantwortlich, jetzt loszulaufen und Hilfe zu suchen. Es wird bald dunkel sein. Morgen früh stehen unsere Chancen viel besser«, behauptete Cailan.

»Wenn wir bis dahin nicht erfroren sind«, warf ich ein.

Kapitel 10

Cailan

Das Letzte, was ich mir von diesem Angelausflug mit Lara erhofft hatte, war, am Loch Assynt Schiffbruch zu erleiden und unfreiwillig die Nacht mit ihr hier verbringen zu müssen. Danke, Leonore!

Warum hatte ich mich nur breitschlagen lassen, mit Lara an den See zu fahren, wo ich doch genau wusste, dass das keine gute Idee war? Nun hatten wir den Sala… äh, die Chips.

»Wie schmeckt dir dein Abendessen?«, fragte ich scherzhaft.

Lara, die gerade einen Schluck aus ihrer Bierflasche nehmen wollte, sah mich mit skeptischem Blick und weit hochgezogenen Augenbrauen an.

»Ein Drei-Gänge-Menü könnte nicht besser sein«, scherzte sie.

Ich grinste, kaschierte es jedoch, indem ich ebenfalls einen Schluck aus meiner Flasche nahm.

Lara hatte Humor. Eine Seite an ihr, die mir bisher noch gar nicht aufgefallen war. Ebenso wie die Sache mit dem Vegetarismus. Wenn es allerdings nach mir gegangen wäre, hätte sie sich dafür nicht ganz so militant einsetzen müssen.

Es stimmte zwar, dass mein Wagen auch ohne Laras kleine Aktion auf dem See nicht angesprungen wäre. Aber im Gegensatz zu jetzt hätten wir dann wenigstens trockene Klamotten am Leib.

Der Abend war mittlerweile weit fortgeschritten. Ich hatte ein wenig Brennholz organisiert, was aufgrund der fehlenden Bäume gar nicht mal so einfach war. Dennoch saß Lara zitternd neben mir. Sie schien furchtbar zu frieren.

»Ist dir kalt?«, fragte ich unnötigerweise nach.

Lara schüttelte zwar den Kopf, doch das Klappern ihrer Zähne verriet sie.

Anstatt auf den Missstand einzugehen, stand ich auf und befühlte meine Boxershorts, die ich an einem knorrigen Ast dicht am Lagerfeuer aufgestellt hatte. Sie war nur noch klamm. Besser würde es vermutlich ohnehin nicht werden.

Geschickt schlüpfte ich hinein und überreichte sodann Lara meine Decke.

»Das … kann ich nicht annehmen«, behauptete sie.

»Warum?«, hakte ich nach.

»Du wirst erfrieren. Und ich werde schuld daran sein.«

Wieder konnte ich es mir nicht verkneifen, bei Laras Anmerkung zu grinsen.

Dabei konnte ich ihr doch deutlich ansehen, wie sehr sie unter der Situation litt. Ihr schlechtes Gewissen brachte sie schier um. So langsam konnte sie sich auch wieder ein wenig entspannen. Schließlich waren wir beide nur ins Wasser gefallen und nicht gegen einen Brückenpfeiler gefahren, weil Lara mir ins Lenkrad gegriffen hatte, um damit eine Entenfamilie zu retten.

»So schnell werde ich ganz sicher nicht erfrieren«, behauptete ich und streckte ihr heldenhaft die Decke hin.

Widerwillig nahm sie sie schließlich an.

Ein kaum hörbares »Danke« huschte ihr über die Lippen. Dabei wagte sie es nicht mal, mich anzusehen.

»Mein Dad hat früher immer Schauergeschichten erzählt, wenn wir am Lagerfeuer saßen. Jimmy, mein kleinerer Bruder, war dabei viel tapferer als ich.«

Beim Gedanken daran, wie ich mir dabei regelmäßig beinahe in die Hose gemacht hätte, musste ich lachen.

»Ich habe in meinem ganzen Leben noch an keinem Lagerfeuer gesessen«, offenbarte Lara.

Nun war es an mir, sie mit hochgezogenen Brauen anzusehen.

Lara zuckte die Achseln.

»Meine Eltern waren mehr die Pauschalurlauber. Zumindest, als sie sich noch verstanden und gemeinsam in den Urlaub gefahren sind. Meine Mutter fand Zeltlager bei den Pfadfindern immer doof, also hat sie mich nie dazu angemeldet«, erklärte sie.

»Und später? Sitzt man denn in Deutschland nicht im Teeniealter am Lagerfeuer und unterhält sich dabei über

Gott und die Welt? Oder ist das eine typisch schottische Sache?«, fragte ich interessiert nach.

Lara legte sich die Decke, die ich ihr vor wenigen Minuten gegeben hatte, über die Schultern und zog die beiden Enden vor ihrer Brust zusammen.

»Ich hatte nie besonders viele Freunde. Und die Freunde, die ich hatte, gingen lieber ins Kino oder in die Disco.«

Nickend nahm ich ihre Information zur Kenntnis.

»Beides Dinge, die man hier in der Abgeschiedenheit der schottischen Highlands suchen muss. Das erklärt's.«

Lara sah sich in ihrer Umgebung um. Man konnte vieles nur noch erahnen, die Schatten und die Umrisse des Sees, meines Wagens und der wenigen Bäume waren kaum mehr voneinander zu trennen.

Am Nachthimmel blitzte der Mond hinter einer dichten Wolke hervor. Voll und rund schaute er auf uns herunter. Wenn er sich darüber wunderte, dass wir ihm an diesem verlassenen Ort begegneten, ließ er es sich jedoch nicht anmerken.

»Dann bist du also mehr so der Naturbursche?«, fragte Lara und trank dabei einen weiteren Schluck aus ihrer Flasche.

Verlegen kratzte ich mich am Hinterkopf.

»Mittlerweile nicht mehr so wirklich. Ich habe die Vorzüge der Großstadt zu schätzen gelernt«, behauptete ich.

Doch tief in mir drinnen sah es ganz anders aus. Mit jedem Tag, den ich wieder in meiner Heimat verlebte, sehnte ich mich danach, mehr Zeit hier zu verbringen. Wäre mein schlechtes Gewissen darüber nicht gewesen, dass ich Mum im Stich gelassen hatte, dann hätte ich durchaus darüber nachgedacht, länger hierzubleiben. Oder sogar einmal ganz wiederzukommen …

»Was ist? Willst du mir nicht eine deiner Schauergeschichten erzählen?«

Lara schien bei ihrem ersten Mal am Lagerfeuer das volle Paket buchen zu wollen. Das konnte sie haben. Dabei würde ich ihr allerdings nicht versprechen können, dass sie heute Nacht noch ein Auge zumachen würde.

»Lass mich mal überlegen … O ja, die ist gut. Die Geschichte lautet ›Der Geisteskranke im Wald‹«, begann ich zu erzählen.

»Wie gut, dass hier weit und breit kein Wald zu sehen ist«, kommentierte Lara meine Wahl.

»Ein älteres Ehepaar war auf dem Weg, um seine Tochter zu besuchen. Auf der Reise zu ihr mussten sie durch einen dichten Wald fahren. Völlig unerwartet blieb plötzlich der Wagen stehen. Das Benzin war alle. Da blieb dem Mann nichts anderes übrig, als sich den Kanister zu schnappen und an die nächste Tankstelle zu laufen. Die Frau blieb allein im Wagen zurück. Nach einiger Zeit begann sie sich jedoch zu langweilen und schaltete das Radio an. Dort wurde davon berichtet, dass ein entflohener Geisteskranker in der Gegend sein Unwesen trieb und niemand ihn bisher aufhalten konnte.«

Lara zog sich die Decke auf ihren Schultern noch ein wenig enger um den Körper. Bildete ich es mir nur ein oder sah sie sich prüfend zu allen Seiten hin um? Vielleicht wäre es doch besser, ich würde ihr den Rest der Geschichte ersparen.

»Soll ich weitererzählen?«, überließ ich schließlich ihr die Entscheidung.

Lara nickte.

Also setzte ich die Geschichte fort.

»Als die Frau die Nachricht hörte, verschloss sie die Autotüren. Wie aus dem Nichts waren wenig später dumpfe Schläge auf dem Autodach zu hören.«

Wie um meine Erzählung zu untermalen, griff ich nach dem Stock, an dem bis vor wenigen Minuten noch meine Boxershorts zum Trocknen gehangen hatten, und schlug mit den Worten »Bumm, bumm, bumm, bumm!« auf den Boden.

Lara zuckte ein wenig zusammen, fing sich jedoch schnell wieder. Die Situation behagte ihr nicht sonderlich, dennoch bat sie mich nicht mit einer Silbe darum, aufzuhören. Also erzählte ich weiter.

»Vor Angst ganz gelähmt saß sie im Wagen und wartete auf die Ankunft ihres Mannes. Irgendwann hörten die Geräusche auf, und alles um sie herum war still. Aus Angst blieb sie jedoch bis zum Morgengrauen im Wagen sitzen und hoffte darauf, dass ihr Mann endlich kam. Irgendwann in den frühen Morgenstunden hielt plötzlich ein Polizeiwagen neben ihrem. Sie baten sie auszusteigen, sich dabei aber nicht umzudrehen. Doch die Frau konnte nicht anders und sah sich um. Als sie sich umdrehte, erblickte sie auf dem Autodach … den Kopf ihres Mannes.«

Die letzten Worte hätte ich gerne damit untermalt, dass ich mein Gesicht in den Schein einer Taschenlampe gehalten hätte. Aber aus Ermangelung derselben musste es eine kleine spannungsgeladene Pause richten.

Lara klatschte in die Hände.

»Gar nicht mal so schlecht«, sagte sie und schaute dabei gönnerhaft.

»Kennst du den Film *Blair Witch Project*?«, fragte ich nach und überging dabei ihre Spitze.

»Puh, ist ziemlich lange her.«

»Was hältst du davon, wenn wir eine kleine Nachtwanderung machen?«, schlug ich vor.

»Ich weiß nicht«, zierte sie sich.

»Ich verspreche auch, immer an deiner Seite zu bleiben und dich vor allem zu beschützen.«

Lara sah mich mit weit aufgerissenen Augen an.

»Alles schön und gut, aber wer schützt mich vor dir?«, hakte sie nach.

»Ich würde einer Frau nie etwas zuleide tun«, entgegnete ich.

»Außer sie hat dich vorher unfreiwillig baden gehen lassen«, wandte Lara ein.

Ich winkte ab.

»Ach, die alten Geschichten. Anstatt dich ständig nach hinten umzusehen und in der Vergangenheit zu leben, solltest du schauen, was vor dir liegt.«

Lara zögerte noch einen Moment, ehe sie die Hand, die ich ihr reichte, endlich annahm.

Schon im nächsten Moment zog ich sie auf die Beine. Dabei wäre die Decke, die ihren Körper bedeckte, beinahe heruntergerutscht und hätte mir mehr Einblicke verschafft, als ich bisher erhalten hatte.

Doch Lara zog sie gleich wieder zurecht und bedeckte alles, was ich nicht sehen sollte. Die Lichtverhältnisse waren ohnehin nicht die besten, sodass ich schwerlich etwas hätte erkennen können. Aber sei es drum.

Bevor wir losgehen konnten, schlüpfte Lara in ihre Sandalen, die in der Zwischenzeit am Lagerfeuer getrocknet waren. Prüfend betastete ich die übrigen Kleidungsstücke, die wir hier zum Trocknen aufgehängt hatten. Doch leider war nichts davon bisher zum Tragen geeignet.

»Können wir dann los?«, fragte ich.

»Wo genau willst du mit mir hin?«

Lara schien sich nach wie vor nicht ganz sicher darüber zu sein, ob es wirklich eine gute Idee war, mit mir in die stockdunkle Nacht hinauszulaufen und das Feuer, unseren einzigen Schutz, hinter uns zu lassen.

»Ich dachte an eine kleine Runde um den See«, sinnierte ich.

»Um dich an mir zu rächen und mich hineinzuschubsen?«, erwiderte Lara.

Dabei sah sie mich misstrauisch an.

»Jemandem zu vertrauen, gehört nicht unbedingt zu deinen Stärken. Oder?«, vermutete ich.

Lara zuckte mit den Schultern.

»Dafür wurde ich in der Vergangenheit einfach zu oft enttäuscht.«

Ich horchte auf. Denn plötzlich hatte ich das dringende Bedürfnis, mehr über die Frau zu erfahren, mit der ich meine Nacht am Loch Assynt verbringen würde.

»Wollen wir dann los?«

Nun schien es Lara nicht schnell genug voranzugehen.

Noch ehe ich wusste, wie mir geschah, stapfte sie bereits an mir vorbei und mitten in die Nacht hinein.

»Warte!«, ermahnte ich sie.

Doch Lara hörte gar nicht mehr auf mich und ging ihren Weg unbeirrt weiter. Offenbar hatte ich sie mit meinen Worten verletzt. Das hatte ich nicht gewollt.

Schnellen Schrittes ging ich ihr nach. Was aufgrund der schlechten Lichtverhältnisse gar nicht mal so einfach war. Als ich sie gerade eingeholt hatte, entfuhr Laras Kehle ein Schrei, und sie geriet ins Straucheln. Was passiert war, hatte ich nicht sehen können.

Doch als sie im nächsten Moment fiel, landete sie sanft in meinen Armen.

»Alles okay bei dir?«, fragte ich nach einigen Sekunden, in denen sie sich an mich geschmiegt und ihren Kopf an meine Brust angelehnt hatte.

Ihr Duft aus Kokos und Vanille umspielte meine Nase, während die Wärme ihres Körpers meinen umhüllte. Ihre Finger umklammerten meinen Rücken wie eine Schiffbrüchige ein Floß. Doch im Gegensatz zu dem Stück Holz ließ mich ihre Berührung nicht kalt. Ganz im Gegenteil.

»Ich denke schon«, sagte sie schließlich und wollte sich dabei von mir lösen.

»Aua!«, schrie sie sogleich auf und strauchelte erneut.

»Was ist passiert?«

»Mein Fuß. Ich kann nicht auftreten. Es tut so weh.«

Ohne lange zu fackeln, hob ich Lara auf meine Arme und brachte sie zurück ans Lagerfeuer. Der erwartete Protestschrei blieb aus. Sie musste unter Schock stehen. Oder die Schmerzen waren so schlimm, dass sie sie kaum aushalten konnte.

Am Wagen angekommen, holte ich meinen Erste-Hilfe-Koffer heraus und aktivierte den Kühlakku, den ich mir vor einigen Jahren angeschafft hatte, als ich mit den Jungs der Gegend noch Rugby gespielt hatte. Das war so lange her, dass es schier an ein Wunder grenzte, dass der Kühlakku tatsächlich seinen Dienst tat.

Mit einem »Hier« reichte ich ihn Lara, die ich zuvor am Lagerfeuer abgesetzt hatte.

»Du hast einen Kühlakku im Wagen?«, fragte sie verwundert.

»Und ein Zelt«, erklärte ich. »Das werde ich jetzt für uns aufbauen. Du hältst währenddessen den Kühlakku auf die verletzte Stelle. Okay? Vielleicht ist nichts weiter passiert. Hoffen wir das Beste.«

Laras Gesicht war vom Schein des Feuers erhellt. Verlegen schob sie sich eine Strähne hinters Ohr.

»Danke«, hauchte sie mir kaum hörbar zu, während ich mich daranmachte, im Dunkeln das Zelt aufzubauen.

Nicht ganz so einfach, wenn man dabei auch noch beobachtet wurde. Warum war ich nur so nervös?

Kapitel 11

Lara

Wenn man eins über diesen Tag sagen konnte, dann, dass er für mich nicht gerade glatt gelaufen war. Erst der Schiffbruch mit Cailan und jetzt auch noch ein verletzter Fuß. Was sollte noch kommen?

Sobald Cailan das Zelt bezwungen hatte, würde ich mich hineinlegen, die Augen schließen und hoffen, dass der morgige Tag besser werden würde.

»Soll ich dir helfen?«, fragte ich trotz besseren Wissens.

Schließlich würde ich kaum in der Lage sein, mich hinzustellen und mein lädiertes Bein zu belasten. Dafür tat es trotz Kühlung einfach noch viel zu weh. Hoffentlich war nichts gebrochen!

Trotz der Dunkelheit konnte ich Cailans ungläubigen Blick im Schein des Lagerfeuers erkennen.

»Kannst du denn schon wieder auftreten?«, erkundigte er sich.

Anstatt ihm die Frage zu beantworten, kämpfte ich mich auf die Füße und fiel sogleich mit meinem Hintern zurück auf den harten Boden der Tatsachen. Einen Schmerzensschrei konnte ich gerade noch unterbinden. Auch wenn mir bereits die Tränen aus den Augen rannen.

Cailan überließ das halb aufgebaute Zelt sich selbst und kam zu mir.

»Hast du dich verletzt?«, fragte er besorgt und berührte sogleich meinen schmerzenden Fuß.

Seine Hände auf meiner Haut fühlten sich wie ein warmer Sommerregen an, der meinen Körper Stück für Stück benetzte. Es war schön, ihm so nahe zu sein. Ein Gefühl, das mich verunsicherte. Schließlich handelte es sich hierbei um Cailan.

Den Cailan, der mich an seiner Tür abgewiesen hatte. Den Cailan, der keine Gelegenheit verstreichen ließ, ohne mir zu zeigen, was er von mir hielt. Und den Cailan, der sich mir bisher immer als unnahbar präsentiert hatte.

Was so ein gemeinsames Bad im See alles veränderte …

»Es geht schon«, antwortete ich schließlich, als mir bewusst wurde, dass er mich noch immer fragend ansah.

»Wieso bist du denn überhaupt aufgestanden?«, schimpfte er mich.

»Ich wollte nur helfen«, erklärte ich ein wenig eingeschnappt.

»Das Maß an Hilfe, das ich heute von dir erhalten habe, reicht für ein ganzes Jahr«, erwiderte Cailan grimmig.

Erst als er meinen schockierten Gesichtsausdruck wahrnahm, ruderte er zurück.

»Tut mir leid! Das war nicht so gemeint. Aber der Tag war lang und … nass. Ich möchte einfach nur noch schlafen und vergessen, was passiert ist. Könntest du mir also einen Gefallen tun und mir nicht mehr helfen wollen? Dann könnte das Zelt in den nächsten zehn Minuten aufgebaut sein. Zumindest hoffe ich das.«

Auch ich war müde und ausgekühlt. Auch ich sehnte mich danach, mich hinzulegen und endlich zu schlafen. Ich konnte Cailan also gut verstehen.

»Ist schon okay«, meinte ich schließlich. »Ich werde genau hier sitzen bleiben, bis du fertig bist«, schwor ich.

»Das hört sich gut an. Und vernünftig«, sagte Cailan und schenkte mir dabei sein schiefes Lächeln.

Augenblicklich machte sich ein warmes Gefühl in meinem Inneren breit. Was war nur los mit mir? Warum reagierte mein Körper so heftig auf ein einfaches Lächeln von ihm?

Weil es kein einfaches Lächeln war, erwiderte meine innere Stimme neunmalklug.

Anstatt ihr etwas zu erwidern, versuchte ich mir nach außen hin nicht anmerken zu lassen, wie sehr ich auf Cailan reagierte.

Viel zu sehr mit mir und meinen Gefühlen beschäftigt, merkte ich erst gar nicht, dass es Cailan tatsächlich gelungen war, das Zelt endlich aufzubauen. Erst als er zu mir kam und mich darauf hinwies, wurde ich darauf aufmerksam. Ich verkniff mir die Anmerkung, dass es ziemlich windschief aussah.

»Toll!«, sagte ich stattdessen und versuchte abermals auf die Beine zu kommen, um mich zu meiner heutigen Schlafstätte zu bewegen.

Doch allein der Versuch hätte in einer Katastrophe geendet, hätte Cailan nicht geistesgegenwärtig nach meiner Hand gegriffen und mich an sich gezogen. Halt fand ich schon das zweite Mal an diesem Abend an seiner muskulösen Brust. Meine Hände legten sich wie von allein auf seinen Rücken und wollten nur widerwillig wieder loslassen.

»Das Beste wird wohl sein, wenn ich dich hinübertrage.«

Noch ehe ich protestieren konnte, hob Cailan mich – auch zum zweiten Mal an diesem Abend – auf seine starken Arme und trug mich zum Zelt. Ein wenig kam ich mir dabei vor, als würde ich von einem wilden Neandertaler in seine Höhle verschleppt werden. Aber der Gedanke verflog ganz schnell wieder, als Cailan mich im Inneren unseres Schlafgemachs abgelegt und sich tief über mich gebeugt hatte.

Gefühlt vergingen Stunden, während wir uns durchdringend ansahen. Keiner von uns beiden löste seinen Blick vom anderen. Etwas Verheißungsvolles stand im Raum. Die Luft schien zu knistern, während eine unerwartete Vorfreude jede Faser meines Körpers für sich einnahm.

Schon im nächsten Moment verlor sich das Gefühl jedoch wieder. Denn Cailan ging auf Distanz zu mir.

»Ich lege draußen noch ein bisschen Holz aufs Feuer nach. Mach es dir bequem. Ich komme gleich wieder.«

Und schon war er verschwunden und ich allein mit dem windschiefen Zelt, von dem ich nur wusste, dass es Cailan gehörte. Was er damit wohl schon für Abenteuer erlebt hatte?

In meinem ganzen Leben war ich noch nie zelten gegangen. Meine Eltern waren mehr die All-inclusive-Urlauber, ich selbst arbeitete nicht von ungefähr in einem Hotel, das seinen Gästen allen Komfort bot, und Marvin konnte einer Nacht auf einer Luftmatratze auch nicht besonders viel abgewinnen. So hatte ich ihn auch nie darum gebeten, mit mir an den Bronnbachsee zu fahren und dort ein Wochenende mit mir zu verbringen. Auch wenn ich mir als Kind nichts sehnlicher gewünscht hatte.

Loch Assynt statt Bronnbachsee, sagte meine innere Stimme. Klingt doch gar nicht mal so schlecht.

In diesem Punkt musste ich ihr vollumfänglich zustimmen.

Das war sie also: meine erste Nacht im Zelt am See. Noch heute Morgen hätte ich nie damit gerechnet, dass sich dieser Kindheitswunsch ausgerechnet in den schottischen Highlands erfüllen würde. Und dann auch noch mit Cailan.

»Kannst du so liegen oder tut dir der Fuß zu sehr weh?«, riss Cailan mich mit seiner Fürsorge aus meinen Gedanken.

»Alles gut«, behauptete ich.

Dabei hatte ich schon eine ganze Weile nicht mehr in mich hineingehorcht, um nachzuspüren, wie es meinem Fuß ging. Viel zu abgelenkt war ich gewesen.

»Gut«, erwiderte Cailan einsilbig, auf dessen Stirn sich zwischenzeitlich eine Furche gebildet hatte.

Ihn schien etwas zu beschäftigen. Da ich jedoch nicht davon ausging, dass er sich ausgerechnet mir anvertrauen würde, hakte ich nicht weiter nach, sondern rutschte noch ein Stück in Richtung der Zeltwand, damit er genug Platz fand.

Als er schließlich neben mir lag, wurde ich mir der Tatsache bewusst, dass er bis auf seine Boxershorts nichts am Körper trug. Zelt hin oder her, besonders warm war es nicht hier drinnen. Außerdem konnte ich mir nicht vorstellen, dass es besonders bequem war, fast nackt auf dem harten Boden zu schlafen.

Mit einem »Hier« überreichte ich ihm die zweite Decke.

»Nein, lass nur. Es geht schon«, lehnte er ab, verschränkte dabei die Hände vor seinem Körper und schloss die Lider, als wollte er jeden Moment einschlafen.

Trotz seiner Reaktion legte ich die Decke auf ihn, fröstelte aber wenig später selbst so sehr, dass mein ganzer Körper zu zittern begann. Meine Sorge die wilden Tiere betreffend war unbegründet gewesen. Anstatt von einem Bären zerfleischt zu werden, würde ich heute Nacht einfach still und leise erfrieren. Das war's dann wohl. Aber zumindest hatte ich mir dabei wenigstens noch einen Herzenswunsch erfüllt. Oder besser gesagt: erfüllen lassen.

»Ich kann nicht schlafen, wenn du neben mir so wackelst«, meldete sich Cailan nach einer halben Ewigkeit zu Wort, in der ich dachte, er würde schon längst schlafen.

»E-entschu-uldig-gung«, stammelte ich.

»Alles okay bei dir?«, fragte Cailan besorgt nach und tastete dabei nach meinen Händen.

»Die sind ja eiskalt«, schimpfte er, als hätte ich Schuld daran, dass dem so war.

Noch ehe ich etwas erwidern konnte, schlug er seine Decke über uns beide und zog mich so dicht an sich, dass kaum noch ein Blatt Papier zwischen uns gepasst hätte. Mit so viel Nähe hätte ich gar nicht gerechnet. Ein wenig überrumpelt ließ ich mich auf die neue Situation ein und musste dabei feststellen, dass mein Körper überhaupt keine Lust mehr hatte zu schlafen. Ganz im Gegenteil.

Als Cailan nun auch noch damit begann, mit seinen Händen über meinen Rücken und meine Arme zu fahren, um mich weiter zu wärmen, war es um mich geschehen. Ich konnte nur schwerlich noch einen konkreten Gedanken fassen. Auch wenn ich ahnte, dass es besser wäre, auf Distanz zu ihm zu gehen, konnte ich meinen Mund nicht davon überzeugen, die Worte zu äußern. Viel zu sehr fühlte sich jede Faser meines Körpers geliebt und geborgen an. Dabei wollte Cailan nur nicht, dass ich heute Nacht erfror, damit er morgen Leonore und der Polizei nicht erklären musste, wie es dazu hatte kommen können. Die Sache mit dem Badegang im See würde ihm da vermutlich niemand mehr glauben. Und ich war fein raus. Aus allem.

Aber je länger Cailan seine Finger zärtlich auf meinem Körper auf Wanderschaft schickte, desto überzeugter war ich davon, dass es ihm nicht nur darum ging, mich vor einem Erfrierungstod zu bewahren.

Schon im nächsten Moment löste ich die Decke, die ich um meinen Körper geschlungen hatte, damit wir uns vollends gegenseitig wärmen konnten. Cailan streichelte meinen Bauch und tastete sich dabei weiter nach oben vor. Ich ließ ihn gewähren, obwohl unter seinen Berührungen eine Gänsehaut meinen Körper überzog und ich sogleich noch mehr zu frösteln begann.

Erwartungsvoll harrte ich der Dinge, die nun folgten, während ich es nicht wagte, auch nur einen Laut von mir zu geben. Zu sehr fürchtete ich, Cailan könnte seine Liebkosungen augenblicklich einstellen.

Zärtlich glitten seine Fingerspitzen über meine Brustwarzen und entlockten mir dabei doch einen klitzekleinen genussvollen Aufschrei. Doch wider Erwarten ließ Cailan nicht von mir ab. Ganz im Gegenteil.

Als wäre das genau das Zeichen gewesen, auf das er gewartet hatte, benetzte er meine Wange mit vorsichtigen Küssen, ehe er sich bis zu meinem Mund vorgearbeitet hatte. Schon im nächsten Moment lagen seine Lippen tastend auf meinen, als wartete er nur darauf, dass ich ihn von mir stieß, was ich nicht tat.

Stattdessen öffnete ich meine Lippen und stupste behutsam mit meiner Zunge gegen seinen Mund. Die Aufforderung verstand er zum Glück auch ganz ohne Worte. Nur zu bereitwillig öffnete er ebenfalls seinen Mund und schon im nächsten Moment waren unsere Zungen in einem wilden Reigen ineinander verschlungen.

Dabei schien jeder von uns die letzten Bedenken über Bord zu werfen. Wie in Trance legte ich meine Hände auf seinen Hintern, während Cailan mich an meiner empfindsamsten Stelle berührte.

Wir küssten und streichelten uns wie zwei Teenager – mit viel Vorsicht und dem drängenden Verlangen, endlich die nächste Instanz zu nehmen. Doch etwas hielt uns davon ab, den folgenden Schritt zu gehen. Erst als ich Cailan die Richtung wies, raunte er mir fragend ins Ohr:

»Bist du dir sicher?«

Mit einem drängenden dahingehauchten »Ja« forderte ich ihn regelrecht auf, endlich weiterzumachen. Ferner bekräftigte ich ihn, indem ich ihm erklärte, dass ich die Pille nahm.

Cailan ließ sich nicht noch mal bitten. Schon im nächsten Moment lag er auf mir und überzog meinen Körper mit einer Spur aus Küssen. Wie elektrisiert nahm ich jede seiner

Berührungen wahr, während ich ihn innerlich regelrecht anflehte, bloß nicht aufzuhören.

Mit meinen Fingern versuchte ich an seinem breiten Rücken Halt zu finden, als unsere Körper uns miteinander vereinten. Cailan sah mich verunsichert an und machte schließlich erst weiter, als ich ihm bedeutete, dass er genau dies jetzt und sofort tun sollte.

Ich konnte mich nicht erinnern, wann ich beim Sex mit Marvin mal nicht daran gedacht hatte, ob er mich auch wirklich begehrenswert fand. Schließlich wurde er nicht müde, mir ständig zu sagen, dass ihm meine zwei, drei Kilo auf den Rippen zu viel waren.

Cailan hingegen liebkoste meinen Körper, als wäre er perfekt. Und so fühlte sich dieser Moment unserer Vereinigung auch an. Einfach perfekt. Zumindest bis zu dem Zeitpunkt, als das Zelt plötzlich über uns zusammenbrach.

Kapitel 12

Cailan

Als ich am nächsten Morgen erwachte, hatte ich das Gefühl, ein Vierzigtonner wäre über mich gefahren, so sehr schmerzte mein Rücken auf dem harten Boden.

Erst als ich versuchte aufzustehen und bemerkte, dass jemand auf meiner Brust lag, huschten meine Gedanken zurück zur gestrigen Nacht. Zu der Nacht, die ich gemeinsam mit Lara verbracht hatte. Und die ihr offenbar sogar noch im Schlaf ein Lächeln auf die Lippen gezaubert hatte.

So rein und glücklich lag sie vor mir, während ich nicht darum herumkam, mich zu fragen, ob es richtig gewesen war, mit Lara zu schlafen.

In der Vergangenheit hatte ich viele One-Night-Stands gehabt. Das mit Phoebe war nicht mein erstes Mal gewesen. Allerdings hatte ich danach immer total problemlos einen Cut machen und mich der Nächsten zuwenden können. Bei Lara hatte ich das Gefühl, dass ich eine sichere Linie überschritten hatte. Eine, von der aus jede Umkehr schwierig werden würde, wenn sie denn überhaupt noch möglich war.

Warum hatte ich mich nicht zurückhalten können und dem drängenden Bedürfnis meiner Hormone nachgegeben, mit ihr zu schlafen? Jetzt musste ich das Chaos ausbaden. Vielen Dank auch!

Mit einem verschlafenen »Guten Morgen« machte Lara an meiner Brust auf sich aufmerksam.

Ein inniges Gähnen war schon im nächsten Augenblick zu hören. Dabei streckte sie sich dermaßen, dass die Decke von ihrem Körper verrutschte und eine Brust freilegte.

Allein der verheißungsvolle Anblick weckte Erinnerungen an die vergangene Nacht, denen ich mich so zeitnah am liebsten nicht ausgesetzt hätte. Aber was hätte ich tun sollen? Meine Sachen packen und von hier verschwinden? Wohl kaum!

Lara war keine Disco-Bekanntschaft, der man den falschen Namen genannt hatte, um den Abend in vollen Zügen zu genießen und alles andere für den Moment zu vergessen. Sie war eine Frau, die viel zu schnell über die Schwelle meines Herzens gestolpert und jetzt nicht mehr so einfach daraus wegzudenken war.

Was hatte ich nur getan?

Wenn ich mir eins in meinem Leben vorgenommen hatte, dann, dass ich mich nie wieder so eng an einen Menschen binden wollte. Nach dem Verlust meiner Familie war ich auf mich gestellt, der Schmerz wütete noch immer in meiner Brust. Ich würde allein klarkommen, das hatte ich mir geschworen. Und nun warf ich all meine Bedenken und Vorsätze einfach so über Bord und verbrachte die Nacht ausgerechnet mit der Frau, von der ich wusste, dass ich sie nicht so einfach wieder vergessen konnte. Gestern bei meinem

Tauchgang im See hatte ich offenbar nicht nur die Angelrute meines Dads, sondern auch meinen Verstand verloren.

»Guten Morgen«, erwiderte ich schließlich, aber als Lara sich zurück auf meine Schulter legen wollte, rutschte ich ein Stück von ihr ab, um körperlich ein wenig auf Abstand zu ihr zu gehen.

Mit einem »Oh, ich verstehe« ging sie ebenfalls auf Distanz zu mir.

Dabei verstand sie rein gar nichts.

»Ist schon okay. Ich bin es gewohnt, dass der Mann, mit dem ich schlafe, von meinem Körper abgestoßen ist.«

Lara überforderte mich gänzlich mit ihren Worten.

»Was redest du da? So ist es nicht. Welcher Mann kann nur so etwas Herzloses zu dir gesagt haben? Das ist … Mir fehlen die Worte.«

Und das gleich in vielerlei Hinsicht.

Lara winkte ab.

»Ist nicht so wichtig«, behauptete sie.

Doch ich konnte ihr ganz genau ansehen, dass es ihr nicht egal war. Es war wichtig. Und es war etwas, was sich tief in ihre Seele eingegraben und dort übergroße Narben hinterlassen hatte.

Auch wenn ich sie nicht verletzen wollte, war mir dies offenbar ganz wunderbar gelungen. Glückwunsch, Cailan.

»Ich bin nicht vor dir zurückgewichen, weil du mich abstößt. Ganz im Gegenteil«, offenbarte ich ihr.

Doch von ihren Augen konnte ich die Unsicherheit ablesen. Sie glaubte mir nicht. Wie konnte ich das on ihr erwarten? Schließlich war ich nicht nur körperlich zu ihr auf Distanz gegangen. Das hatte sie sicher gespürt.

»Ich bin mir nicht sicher, ob wir nicht ein wenig zu … vorschnell übereinander hergefallen sind«, gab ich meine Bedenken offen zu.

Lara zuckte wie ein trotziges Kind mit den Schultern.

»Das, was heute Nacht passiert ist, ist passiert. Daran etwas zu ändern, liegt nicht in unserer Macht«, gab sie zu bedenken.

Und sie hatte recht.

Ich war ein Idiot. Und was für einer. Aber dafür konnte Lara ja nichts.

»Du hast recht. Entschuldige bitte. Es war blöd von mir.«

Lara nickte, obwohl ich ihr ansehen konnte, dass sie mir noch nicht gänzlich verziehen hatte.

Obwohl meine inneren Alarmglocken schrillten und mich aufforderten, wachsam zu bleiben, damit es mir nicht mehr so erging wie beim Verlust meiner Familie, konnte ich das Gefühl, das ich in Laras Nähe verspürte, nicht abschalten.

Mit jeder Sekunde, in der ich sie nicht berühren konnte, empfand ich eine mir bisher unbekannte Sehnsucht. Was lächerlich war. Schließlich trennten uns aufgrund der Enge des Zeltes nur wenige Zentimeter voneinander.

Ohne es willentlich zu steuern, bewegten sich meine Finger begierig auf ihren Arm zu und strichen sogleich sanft darüber. Schon erwartete ich, dass Lara jeden Moment ihre Hand wegzog, doch nichts davon passierte.

Wenige Augenblicke später lagen wir wieder eng umschlungen da und küssten uns so innig, dass ich all meine Bedenken erneut über Bord warf und mich vollkommen dem Moment hingab.

Nahe bei Lara zu sein bedeutete, Geborgenheit, Liebe und ganz viel Zärtlichkeit zu erleben. Auf nichts davon würde ich wieder verzichten können. Dennoch ging ich nicht auf Abstand zu ihr. Nein, diesmal wollte ich es von ganzem Herzen.

So öffnete ich mich, wie ich es in meinem ganzen Leben noch bei keiner anderen Frau getan hatte. Doch während sich für mich dadurch alles änderte, merkte Lara nicht einmal etwas davon.

Sie kannte meinen Schmerz nicht. Würde sie ihn verstehen können?

Als ich gerade dazu übergegangen war, ihre Oberschenkel an der Innenseite hinauf zu küssen, vernahmen wir vor dem Zelt Stimmen.

Lara und ich tauschten panische Blicke. Dabei taten wir hier nichts Unrechtes. Allerdings wollten wir auch nicht unbedingt erwischt werden.

»Hallo? Ist da jemand? Das Zelten am Loch Assynt ist strengstens verboten«, vermeldete eine erboste männliche Stimme.

Bevor er sich an dem Reißverschluss des Zeltes zu schaffen machen konnte, schlang ich mir die Decke über die Hüften und schlug die Plane vor dem Eingang zurück.

Schon blickte ich in Andys Augen.

Andy war mein Banknachbar in der Grundschule gewesen. Ich wusste nicht mal, dass er bei den Rangern gelandet war. Wie lange hatten wir uns jetzt nicht gesehen? Zwanzig oder doch eher fünfundzwanzig Jahre?

»Sorry, Andy, wir sind gestern nicht mehr vom See weggekommen. Mein Wagen hat mich mal wieder im passendsten Augenblick im Stich gelassen.«

Dabei wusste das motorisierte Gefährt vermutlich nicht einmal, wie passend der Augenblick gewählt war.

»Cailan? Cailan MacLeod?«, fragte er mit leicht zusammengekniffenen Augen, als ich aus dem Zelt gekrochen war und endlich vor ihm stand.

Ich nickte.

»Genau der«, bestätigte ich ihm.

Schon im nächsten Moment klopfte er mir überschwänglich auf die Schulter.

»Das muss ja eine halbe Ewigkeit her sein. Wie geht es dir? Es hieß, du wärst nach dem Studium nach Aberdeen gegangen. Gut schaust du aus. Bist sicher gekommen, um den Nachlass deiner Mum zu regeln. Tut mir übrigens total leid. Sophie war so eine warmherzige Frau. Sie hat sich immer um alle gekümmert und nie …«

»Kannst du uns nach Hause fahren? Meiner Begleiterin und mir ist ziemlich kalt. Wir sind gestern auch noch bis auf die Unterhosen nass geworden.«

Andy sah mich fragend an und spitzte dabei an mir vorbei ins Innere des Zeltes.

»Wie ist denn das passiert?«

»Das ist eine lange Geschichte.« Ich winkte ab. »Kannst du uns also helfen?«, fragte ich dann erneut.

»Klar. Sollte schon machbar sein. Sobald du wieder daheim bist, kümmerst du dich aber um einen Abschlepper für deinen Wagen. Okay? Du stehst hier im Naturschutzgebiet.«

Ungläubig blickte ich ihn an.

»Du weißt schon, dass der Grund und Boden meiner Familie gehört«, erinnerte ich ihn.

»Kein Grund, das Gesetz mit Füßen zu treten. Oder?«, konterte er und machte sich dabei auf den Weg zu seinem Wagen.

Lara, die vermutlich nur die Hälfte von dem verstanden hatte, was wir beide miteinander gesprochen hatten, kam aus dem Zelt heraus und klaubte ihre Sachen zusammen, die rund um unsere gestrige Feuerstelle verteilt lagen.

Ich tat es ihr gleich, ehe wir schließlich zu unserem Retter in den Wagen stiegen. Dieser begrüßte Lara herzlich und erkundigte sich, wo sie herkam, was sie hier machte und wie sie ausgerechnet mir in die Arme gelaufen war. Besonders bei dem letzten Punkt lachte er hemmungslos auf, während Lara und ich verlegene Blicke tauschten.

»Ach, und das mit dem Feuer muss ich leider aktenkundig machen, Cailan. Den Abend wirst du so schnell nicht mehr vergessen. Denk an mich, spätestens wenn du den Bußgeldbescheid in Händen hältst.«

Andy lachte und wusste dabei gar nicht, wie recht er mit seiner Äußerung hatte. Doch ich würde den Abend sicher nicht wegen fünfzig oder sechzig Pfund in Erinnerung behalten, die ich nun zu zahlen hatte. Wenn es danach gegangen wäre, wäre das Abenteuer unbezahlbar.

Schweigend fuhren wir die Strecke zurück zum Cottage. Ich zog das Handy aus meiner klammen Jeans und wollte es gerade anschalten, als Lara mir eine Hand auf den Oberschenkel legte, um mich davon abzuhalten.

»Tu das besser nicht! Es könnte einen ernsthaften Schaden davontragen.«

Bei ihren Worten musste ich lachen. Schließlich hatte mein Handy bereits einen ernsthaften Schaden davongetragen.

Doch noch ehe ich etwas erwidern konnte, erklärte sie: »Wir legen es im Cottage auseinander und den Akku samt Gerät in eine Dose mit Reis. Das sorgt dafür, dass die

Feuchtigkeit entzogen wird. Danach dauert es ein paar Tage. Im besten Fall geht dann alles wieder wie bisher.«

»Das klingt nach einem guten Plan«, bestätigte ich ihr, steckte das Telefon zurück in die Tasche.

Schon im nächsten Moment hielt Andy an.

»Wir sind da.«

Überrascht blickte ich aus dem Fenster. Tatsächlich! Wir waren zurück.

Kapitel 13

Lara

Die Stimmung zwischen Cailan und mir hatte sich nach seiner Zurückweisung am Morgen etwas verbessert. Dennoch wurmte es mich, dass er so auf Distanz zu mir gegangen war. Wir hatten danach zwar doch dort weitergemacht, wo wir in der Nacht aufgehört hatten, aber es hatte mich verletzt. Ich hatte mich nicht mehr so unbefangen auf ihn einlassen können wie zuvor.

Am meisten ärgerte ich mich bei dieser Angelegenheit allerdings über mich selbst.

Nach der Trennung von Marvin hatte ich mir vorgenommen, mehr auf mich zu achten und Männer nicht mehr so leicht an mich heranzulassen. Erst mal wollte ich zur Ruhe kommen, mich finden und dabei ein Stück weit meine Wunden heilen.

Denn Marvins Anforderungen an mich und ganz besonders an meinen Körper hatten mich immer mehr unter Druck gesetzt. Wollte ich mit ihm zusammen sein, musste ich seiner Maxime entsprechen. Seine ewigen Sticheleien hatten mir auf die Dauer mehr zugesetzt, als es mir bewusst gewesen war.

Es hatte lange gedauert, bis ich verstanden hatte, dass ich nichts an Marvin ändern würde. Egal, wie viel ich auch bereit gewesen wäre abzunehmen, es hätte doch nie gereicht. Die einzige Person, die ich jedoch ändern konnte, war ich selbst.

Nun zu sehen, dass ich mal wieder gnadenlos an mir selbst gescheitert war, setzte mir fast mehr zu als Cailans Reaktion heute Morgen.

»Kommst du?«, fragte Cailan und reichte mir seine Hand, um mir aus Andys Jeep zu helfen.

Ich hatte gar nicht bemerkt, dass wir bereits zurück am Cottage waren. So sehr war ich in meine Gedanken vertieft gewesen.

Dankend legte ich meine Hand in seine und drückte mit der anderen die Decke eng um meinen Körper. Auf den letzten Metern wollte ich jetzt auch nicht mehr blankziehen. Zumindest vor Andy hatte ich mir eine gewisse Würde erhalten.

Was das mit Cailan und mir werden würde, darüber wollte ich mir erst mal keine großen Gedanken machen. Ich war gekommen, um meine innere Ruhe zu finden. Die Episode mit Cailan sollte mich nicht zusätzlich durcheinanderbringen.

Außerdem war ich fest der Ansicht, dass die gemeinsame Nacht mit mir nicht mehr als ein One-Night-Stand für ihn war. So, wie ich Cailan einschätzte, und nach allem, was ich bisher über ihn erfahren hatte, war er nicht der Beständigste.

Vor allem nicht, wenn es darum ging, die Menschen, die ihm nahestanden, zu unterstützen und für sie da zu sein.

Und Marvin hatte mir die Augen geöffnet: Ich wollte keinen Mann, der sich permanent Freiräume schaffte und mich dabei immer weiter aus seinem Leben drängte. Für mich bestand die einzige Chance auf eine glückliche Beziehung darin, dass ich meinem Gegenüber auf Augenhöhe begegnen konnte. Darüber war ich mir nun im Klaren. Mehr noch, ich wusste jetzt, dass ich erst mal mit mir selbst zurechtkommen musste, bevor ich Mr. Right in der Masse der Vollidioten wahrnehmen konnte. Aber das kostete Zeit. Und die wollte ich mir geben.

Gut Ding will Weile haben, sagte meine Oma immer. Dass sie eine der wohl ungeduldigsten Personen war, die ich kannte, und das erste Geschenk an Weihnachten schon vor den Kindern geöffnet hatte, schob ich dabei gedanklich in eine der hinteren Pappkartons meiner Erinnerung.

Mit einem »Danke« stieg ich schließlich aus dem Wagen.

Froh darüber, dass mein Fuß heute nicht mehr so sehr schmerzte, wollte ich direkt auf die Tür zuhalten, mich duschen gehen und damit den gestrigen Abend inklusive der Nacht einfach von mir abwaschen.

Der Morgen war noch frisch. Später würden die sommerlichen Temperaturen den Garten rund um das Cottage wieder zum Duften bringen. Die Sonne würde den Boden erwärmen, sodass ich barfuß laufen und im hinteren Bereich des Gartens, dort, wo man mich nicht sehen würde, versuchen konnte, mit ein paar Yoga-Übungen mein inneres Gleichgewicht wiederzufinden. Blieb nur die Frage, ob ich das bisher je gefunden hatte.

Ein vorwurfsvolles »Da bist du ja« riss mich jedoch augenblicklich aus den Plänen, die ich soeben für diesen neuen Tag, an dem bisher noch alles für mich offen stand, geschmiedet hatte.

»Marvin? «

Er kam wie aus dem Nichts hinter einer der Hecken hervor, stand breitbeinig da und sah mich an, als wären wir verabredet gewesen und ich hätte ihn eine geschlagene Stunde warten lassen.

»Was machst du denn hier?«, fragte ich irritiert, während mir beinahe die Decke entglitt.

Cailan unterhielt sich derweil noch mit Andy. Die beiden waren alte Schulfreunde und schienen sich in den vergangenen Jahren nicht sonderlich oft gesehen zu haben. Dementsprechend viel hatten sie einander zu erzählen. Auf diese Weise blieb Marvins Anwesenheit Cailan zumindest für den Moment noch verborgen.

»Was ich hier mache? Die Frage sollte wohl besser lauten: Was machst *du* hier?«

»Ich verstehe nicht«, erwiderte ich müde und fröstelnd.

Die Nacht war trotz Cailans Nähe nicht unbedingt die beste meines Lebens gewesen, was den Schlafkomfort anbelangte. Denn nur mit einer Decke auf dem harten Waldboden zu schlafen, hinterließ definitiv seine Spuren. Mein Rücken konnte ein Lied davon singen.

»Nach einer Fastenkur sieht das hier ja wohl nicht aus. Was hast du dir nur dabei gedacht, dich ausgerechnet hier am Ende der Welt zu verstecken? Hast du eine Vorstellung davon, wie lange ich gebraucht habe, um hierherzukommen? Die Stunden am Londoner Flughafen schienen mir schier endlos zu sein.«

Im ersten Moment war ich einfach nur sprachlos und wusste gar nicht, was ich auf Marvins Worte erwidern sollte.

Warf er mir gerade allen Ernstes vor, ich wäre schuld an seiner langen Anreise? Eine Reise, zu der ihn niemand gezwungen hatte, wohlgemerkt.

»Woher wusstest du überhaupt, wo ich bin?«, hakte ich nach, als mir das alles hier zu blöd wurde.

Marvin machte eine wegwerfende Handbewegung.

»Deine Mutter hat mir erzählt, dass du weg bist. Ich habe daraufhin die Tracking-App auf meinem Handy bemüht und deinen Bestimmungsort ausgemacht«, erklärte er, als wäre es das Selbstverständlichste auf der Welt.

Mit jedem weiteren Wort, das er äußerte, klappte mir die Kinnlade ein Stück weiter herunter. Das alles konnte doch nur ein böser Scherz sein. Oder? Vermutlich war ich im Wagen eingeschlafen und träumte mir gerade diesen

Schwachsinn zusammen. Anders konnte es nicht sein. Oder? Oder!

»Ich habe eine Tracking-App auf meinem Handy?«, fragte ich fassungslos.

Marvin schüttelte leicht den Kopf über meine Naivität.

»Wenn ich die nicht für dich eingerichtet hätte, wärst du in den vergangenen Jahren sicher das ein oder andere Mal spurlos verloren gegangen, mein Schatz. Glaub mir, die war nur zu deinem Besten, wie ich gerade mal wieder feststellen kann.« Dabei musterte er mich mit seinem prüfenden Blick von oben bis unten. »Wie siehst du überhaupt aus? Und was ist das in deinen Haaren?«, fragte er fast schon angewidert.

Wie mechanisch griff ich mir an den Kopf. Und tatsächlich beförderte ich nicht nur Erde, sondern auch ein paar Algen zutage. Cailan hatte mich nicht mal darauf hingewiesen. Ihn schienen sie nicht gestört zu haben. Ganz im Gegensatz zu Marvin. Der schämte sich sogar noch nach unserer Trennung für mich.

»Wieso bist du gekommen?«, versuchte ich mein Glück erneut, um endlich ein wenig Licht ins Dunkel zu bringen.

Dies fiel mir aber von Minute zu Minute immer schwerer. Schließlich hatte ich heute Nacht nur wenig Schlaf gefunden. Zudem war ich hungrig und durstig. Meine letzte wirkliche Mahlzeit lag fast vierundzwanzig Stunden zurück. Außerdem lechzte mein Körper förmlich nach einer warmen belebenden Dusche. Alles, was mich davon abhielt, war Marvin und sein Spontanbesuch hier am Clachtoll Beach.

»Du kannst hier nicht bleiben«, erwiderte er, ohne mir abermals klipp und klar zu sagen, weshalb er nun vor dem Cottage stand, in dem ich meinen Urlaub verbrachte. Und zwar allein.

»Ach, und wieso sollte ich das nicht können?«

So langsam hatte ich die Faxen dicke. Marvin hatte echt nicht mehr alle Latten am Zaun. Wir beide waren getrennt. Er hatte mir rein gar nichts vorzuschreiben. Ich konnte gehen, wohin es mir beliebte, und machen, was immer ich wollte. Sogar, wenn wir noch in einer Beziehung gewesen wären, hätte ich das Recht dazu.

Doch das waren wir nicht. Sobald ich oben auf dem Zimmer mein Handy in die Finger bekam, würde ich auch besagte App ein für alle Mal löschen. Wie hatte ich in all den Jahren nur so blind sein und diesem Mann vertrauen können?

»Weil du hier sicher nicht an dein Ziel kommst«, behauptete er.

Welches Ziel? Das fragte ich mich augenblicklich. Was hatte Marvin denn schon für eine Ahnung davon, was mir im Leben wichtig war? Schließlich ging es doch meist nur um ihn.

»Ach, und das wäre?«, hakte ich nach.

»Ist das nicht offenkundig«, behauptete er und sah an mir herunter.

Mein ganzer Körper bebte unter seinen Blicken. Diesmal jedoch nicht vor Kälte.

»Ich bin nicht nach Schottland gereist, um abzunehmen, Marvin. Ich möchte hier ein bisschen meine Ruhe haben und zu mir selbst finden.«

Marvin zog die Brauen weit nach oben und sah mich dabei irritiert an.

»Du willst nicht abnehmen? Aber wozu dann das alles? Ruhe hast du auch in Würzburg«, erklärte er mir.

»Gibt es hier ein Problem?«, meldete sich Cailan zu Wort.

Andys Jeep fuhr gerade an. Ich hatte gar nicht bemerkt, dass er sich verabschiedet hatte. Wie auch? Schließlich hatte ich all meine verbliebene Energie dazu aufbringen müssen, um mich gegen meinen Ex zu behaupten, der mal wieder der Meinung war, genau zu wissen, was gut für mich war.

»Nein, kein Problem.« Ich bemühte mich, mir dabei nicht anmerken zu lassen, dass es sehr wohl ein Problem gab. Ein Problem namens Marvin.

Aber das war meine Sache. Meine Vergangenheit, die mich da einholte, wenn man so wollte. Cailan hatte damit nichts am Hut. Schließlich war ich schon ein großes Mädchen.

Und vor allem wollte ich mich nicht Marvins Vorwurf aussetzen, ich könnte nicht allein sein, suchte ständig nach Nähe und bräuchte permanent jemanden an meiner Seite.

»Ist das dein Neuer?«, fragte Marvin und deutete dabei mit dem Zeigefinger auf Cailan.

Sein Ego litt. Das konnte ich ihm deutlich ansehen. Spätestens, als er sein Sixpack sah, wirkte er eine Spur verzweifelt auf mich.

Cailan sah mich ratlos an. Doch anstatt ihm zu übersetzen, was Marvin soeben gesagt hatte, bat ich ihn, mich die Angelegenheit selbst klären zu lassen.

Hin- und hergerissen zwischen dem Wunsch zu bleiben und dem Willen, meine Bitte zu respektieren, ging Cailan schließlich an mir vorbei ins Cottage. Ich konnte ihm die Enttäuschung darüber anmerken, dass ich ihn zurückgewiesen hatte. Aber unser Beziehungsstatus war nicht definiert. Und er hatte mir erst vor wenigen Stunden unmissverständlich klargemacht, dass er Abstand suchte.

Jetzt, da ich bereit war, ihm genau diesen zu geben, war es auch wieder nicht recht. Männer! Da sollte noch mal jemand behaupten, wir Frauen wären das kompliziertere Geschlecht.

»Also? Warum bist du hier?«, versuchte ich es ein letztes Mal in ruhigem Tonfall.

»Ich will dich zurück«, platzte es aus Marvin heraus.

Ein völlig verwundertes »Was?« entfuhr eine Spur zu laut meiner Kehle.

Wo war nur diese versteckte Kamera? Suchend blickte ich mich zu allen Seiten hin um, ehe Marvin seine Hände auf meine Wangen legte und mich damit zwang, ihm meine volle übermüdete Aufmerksamkeit zu schenken.

»Du hast mich richtig verstanden. Jetzt, da wir getrennt voneinander sind, weiß ich erst, wie sehr ich dich liebe.«

Bei Marvins Worten wurde mir ganz schwindlig. Allerdings nicht vor Freude.

»Du liebst mich also«, wiederholte ich ungläubig.

»Spürst du das denn nicht?«, erwiderte er fast schon vorwurfsvoll.

Nein, das Einzige, was ich spürte, waren zwei lauwarme, leicht nassgeschwitzte Handflächen auf meinen Wangen. Von Liebe fehlte zumindest für mich jede Spur.

»Marvin, ich denke nicht …«

Doch noch ehe ich ihm ganz klar sagen konnte, wie ich die Sache zwischen uns sah, unterbrach er mich mitten im Satz.

»Das kommt jetzt sicher alles etwas überraschend für dich. Nachdem ich mit dir Schluss gemacht hatte, hatte ich viel Zeit, um über alles nachzudenken. Mir ist bewusst geworden, dass eine Beziehung mit dir nicht immer einfach ist, aber ich bin so professionell, dass ich das meistern kann. Schließlich habe ich unzähligen Menschen dazu verholfen, ihr Gewicht zu verringern und es dauerhaft zu halten. Darin liegt nämlich die eigentliche Kür.«

Marvin war also mal wieder dazu übergegangen, sich selbst zu lobpreisen und zum Fitness-Messias zu ernennen, den Erleuchteten, auf den die Menschheit schon eine halbe Ewigkeit wartete.

Nun stand er also vor mir. Und ich wünschte mir nichts sehnlicher, als ihn schnellstmöglich wieder loszuwerden. War ich undankbar?

Ach, und hatte ich mich da gerade etwa verhört? Hatte Marvin allen Ernstes behauptet, er hätte sich von mir getrennt? Ich hatte das irgendwie anders in Erinnerung.

»Du kannst sicher stolz auf das sein, was du geleistet hast«, sagte ich und blieb noch immer freundlich.

Denn mittlerweile konnte ich diesen Mann einfach nicht mehr ernst nehmen. Er war dermaßen in sich selbst verliebt, dass ich ihm das gute Bild, das er von sich hatte, nicht nehmen wollte. Wer würde ihm sonst bleiben?

»Unzählige Erfolge geben mir recht. Und auch in deinem Fall werde ich nicht vorschnell aufgeben.«

Das hatte mir gerade noch gefehlt. Jetzt, da ich endlich einen Schlussstrich unter unsere Beziehung gesetzt hatte, kam Marvin auf den Trichter, dass er um mich kämpfen wollte. Musste man sich also nur rarmachen, um seine Aufmerksamkeit zu bekommen?

Nun, das war eine Frage, der ich nicht weiter nachgehen wollte. Für mich war es zwischen uns aus. Und das ein für alle Mal. Plötzliches Interesse hin oder her. Marvin und ich hatten keine Zukunft. Nicht mehr.

»Das ist dir sicher nicht leichtgefallen, dich dieser riesigen Bürde anzunehmen.«

Meine Stimme troff nur so vor Sarkasmus. Doch Marvin schien das nicht mal zu merken.

»Man muss sich im Leben so mancher Herausforderung stellen. Bei kaum einer lohnt es sich so sehr wie bei der Liebe. Nicht?«

Eher nicht.

»Du, ich sollte jetzt besser reingehen. Mir ist kalt, und ich brauche dringend eine Mütze voll Schlaf.«

Bei meinen Worten verfinsterte sich Marvins Miene. Offenbar musste er wieder an den Mann denken, den ich vor wenigen Minuten gebeten hatte, ins Haus zu gehen.

»Das ist noch nicht mein letztes Wort«, sagte er und hob dabei drohend den Zeigefinger.

Marvin konnte es nicht leiden, wenn er nicht bekam, was er wollte. Aber hier ging es nicht darum, Mr Universe zu werden. Es ging um eine Beziehung. Zwischen zwei Menschen. Und da ich einer davon war, hatte ich doch wohl ein Wörtchen mitzureden.

»Morgen können wir ja noch mal in aller Ruhe über alles reden. Okay?«, schlug ich ruhig und sachlich vor, während Marvin einen Schritt zurück machte.

Offenbar dämmerte nun auch ihm, dass ich nicht auf ihn gewartet hatte.

Wo er sich zuvor wortreich erklärt hatte, schien es ihm nun die Sprache verschlagen zu haben. Anstatt etwas zu sagen, nickte er lediglich und marschierte dann an mir vorbei in Richtung des Gartentors.

Erleichtert atmete ich aus und wollte gerade meinen Fuß über die Schwelle setzen, als Marvin seine Stimme wiedergefunden hatte.

»Das mit deiner Mutter kannst du übrigens schön selbst klären.«

Ich wandte mich zu ihm um.

»Was meinst du?«, fragte ich nach.

Schließlich hatte ich keinen blassen Schimmer, wovon er da redete.

»Die Damen müssten bereits im Studio sein. Es ist Mittwoch. Du erinnerst dich?«

Ein diabolisches Grinsen breitete sich auf seinen Lippen aus. Ich konnte nicht fassen, was da soeben passierte. Glaubte mein Ex tatsächlich, dass er mich damit erpressen könnte, dass er den Sportkurs meiner Mutter nicht weiterführen würde? Als ob mich so etwas dazu bringen könnte, wieder eine Beziehung zu ihm einzugehen. Er hatte definitiv einen Knall Das war sogar für Marvin zu niveaulos.

Noch ehe ich etwas erwidern konnte, ging er auch schon leicht beschwingten Schrittes seines Weges. Ich sparte mir den Atem, ging ins Haus und stellte mich endlich unter die ersehnte warme Dusche.

Kapitel 14

Cailan

»So früh schon unterwegs?«, fragte mich Leonore, kaum dass ich die Küche betreten hatte.

Bevor ich hinaufging, um zu duschen und mir noch eine Mütze voll Schlaf abzuholen, musste ich dringend eine Kleinigkeit essen. Mein Magen hing mir bereits bis zu den Kniekehlen durch. So würde ich mit Sicherheit kein Auge zumachen.

»Wir kommen gerade erst von dem gestrigen Ausflug zurück«, erklärte ich und öffnete dabei wahllos Schubladen und Schränke auf der Suche nach etwas Essbarem.

»Ach ja?«, fragte Leonore mit einer Mischung aus Sorge und Neugierde nach.

»Lange Geschichte. Allerdings hat mich mein Wagen mal wieder im Stich gelassen, sodass wir gezwungen waren, am Loch Assynt zu übernachten. Zum Glück hatten wir mein Zelt im Wagen und zwei Decken. Ansonsten wären wir vermutlich erfroren«, erklärte ich.

»Tatsächlich?«, erwiderte Leonore und wandte sich von mir ab, um etwas aufzuräumen.

Bildete ich es mir nur ein oder schien sie bei meinen Worten ein wenig aus dem Konzept zu geraten?

Der Hunger ließ nicht zu, dass ich mir länger darüber Gedanken machte. In der nächsten Schublade fand ich zum Glück ein wenig Toast. Damit würde ich etwas anfangen können.

Schon holte ich mir zwei Scheiben aus der Verpackung und wollte sie in den Toaster geben, als Leonore mir die Packung aus der Hand nahm.

»Setz du dich ruhig hin, mein Junge. Ich mache dir schnell ein paar Spiegeleier mit Speck und gebutterten Toast.«

Damit drängte sie mich leicht in Richtung des Esstisches, an dem ich schon im nächsten Moment mehr als bereitwillig Platz nahm.

Erst jetzt, da ich ein wenig durchatmen konnte, fiel mir auf, wie anstrengend der Ausflug gewesen war. Dabei hatte es so viele besondere Momente gegeben. Mittlerweile zählte ich sogar den spontanen Tauchgang dazu. Das waren doch die Geschichten, an die man sich später erinnerte. Oder?

»Dann hattet ihr also viel Spaß beim Angeln?«, hakte Leonore nach.

Offenbar wollte sie mir als Gegenleistung für mein Frühstück ein paar Informationen entlocken. Die wollte ich ihr gerne geben. Zumindest einen Ausschnitt davon.

»Ja, wir hatten eine gute Zeit«, fasste ich die Begebenheiten zusammen und blickte dabei nach draußen in den Garten.

Der Mann, der dort auf Lara gewartet hatte, war soeben gegangen. Jeden Moment würde sie ins Haus kommen, um mir zu erklären, was es mit ihm auf sich hatte. Doch Lara kam nicht. Das Knarzen auf der Treppe war zu hören. Schon im nächsten Moment fiel eine Tür ins Schloss. Offenbar zog sie es vor, sich erst mal hinzulegen, anstatt mir die Fragezeichen im Kopf zu nehmen.

Dabei war ich doch selbst schuld an der Situation. Wäre ich heute Morgen nicht auf Abstand zu ihr gegangen, dann stünden wir uns jetzt viel näher. Ich hätte Lara problemlos vor diesem Kerl in den Arm nehmen und ihr den Rücken stärken können. So aber hatte sie mir genau das ausdrücklich untersagt. Also hatte ich ihre Bitte respektiert und hatte mich ins Haus zurückgezogen.

Leonore stellte einen dampfenden Teller vor mir auf den Tisch. Zu den Eiern, dem Toast und dem Speck hatten sich auch noch eine Handvoll Bratkartoffeln gesellt.

»Die sind von gestern«, erklärte sie auf meinen fragenden Blick hin.

Und in diesem Moment durchfuhr es mich wie der Blitz. Leonore war die Einzige, die wusste, dass Lara und ich raus zum See gefahren waren. Sie wusste, dass wir vorhatten, bis zum Abend zurück zu sein. Nicht nur das. Sie hatte sogar für uns gekocht.

»Ist es dir nicht in den Sinn gekommen, dass Lara und ich Probleme haben könnten und deshalb gestern Abend nicht mehr nach Hause gekommen sind?«, hakte ich nach und stach dabei in den Haufen mit Bratkartoffeln.

Leonore gab einen nachdenklichen Ton von sich.

»Zunächst war ich wirklich ein wenig in Sorge, als ihr nicht nach Hause kamt. Aber dann dachte ich mir, ihr seid zwei erwachsene Menschen, und wir leben schließlich nicht am Ende der Welt«, erklärte sie. »Außerdem meintest du ja selbst, dass ihr eine gute Zeit hattet.«

Für jemanden, der gerade noch ziemlich verunsichert auf mich gewirkt hatte, war Leonore sehr schnell zur alten Stärke zurückgekehrt.

»Wenn Andy nicht gekommen wäre, dann säßen wir dort noch immer fest.« Ich ließ meine Stimme etwas vorwurfsvoll klingen und schnitt dabei das eine Spiegelei so auf, dass der weiche Kern des Eigelbes herauslaufen konnte und sich über den Teller ergoss.

Gedankenverloren griff ich nach einem Toast und tunkte ihn hinein. So hatte ich das schon früher als Kind getan. In Restaurants und mit anderen Menschen wagte ich es nicht. Aber Leonore kannte ich bereits mein ganzes Leben. Sie wusste, wie ich mein Ei aß.

»Dann sind wir doch alle froh darüber, dass dein alter Schulfreund just in dem Moment vorbeigeschaut hat, als du Hilfe benötigt hast«, sagte sie und betastete dabei ein wenig verlegen ihr Haar.

»Dann hast du …«, hakte ich nach.

Doch anstatt mich ausreden zu lassen oder mir zu antworten, wechselte Leonore einfach das Thema.

»Mit wem hat Lara dort im Garten gesprochen? Der Mann schien mir nicht besonders liebevoll mit ihr umzugehen.«

Den Eindruck teilte ich mit Leonore. So sehr, dass ich sogar bereit war, über ihre Machenschaften hinwegzusehen.

»Ich glaube, das war ihr Ex aus Deutschland«, mutmaßte ich.

Leonore machte große Augen.

»Was wollte er denn von ihr?«

Ich zuckte mit den Schultern.

»Das weiß ich leider nicht. Lara hat mich ins Haus geschickt. Sie wollte ungestört mit ihm reden.«

Leonore nickte und sah dann wieder zum Fenster hinaus.

»Er ist gegangen. Das ist wohl jetzt erst mal das Einzige, was zählt.«

Da war ich mir nicht so sicher. Denn im Grunde hatte seine kurzzeitige Anwesenheit bereits dafür gesorgt, dass Lara aus dem Konzept gebracht worden war. Was, wenn sie noch Gefühle für ihn hatte?

Nach meinem Rückzug heute Morgen nach dem Aufstehen musste sie davon ausgehen, dass ich kein tieferes Interesse an ihr hatte und nicht mehr als meinen Spaß mit ihr wollte. Dabei war ich nur zu feige gewesen, um mich ihr zu öffnen. Und nun hatte ich den Salat.

Alte Liebe rostete bekanntlich nicht. Vermutlich würde Lara gleich nach dem Duschen ihre Sachen packen und von hier verschwinden. Damit war's das dann.

Du könntest um sie kämpfen, riet mir meine innere Stimme.

Aber die hatte leicht reden, musste nicht geradestehen für den Mist, den ich verzapfte.

Dennoch gab ich ihr in gewisser Hinsicht recht. Wenn ich Gefühle für Lara hatte, dann sollte ich ihr zumindest davon erzählen. Oder? Machte man das nicht für gewöhnlich so?

Seit dem Tod meines Bruders und den vielen Fragen danach, wie es mir dabei ging, war ich beinahe außerstande dazu, über meine Gefühle zu sprechen. Ich wollte meine Trauer nicht vor allen anderen ausleben, ihre mitleidigen Blicke auf meinem Körper spüren müssen.

Trauer war in meinen Augen etwas Persönliches, etwas Schützenswertes, das jeder so ausleben sollte, wie es für ihn am besten war. Und ich wollte sie eben nicht teilen, sondern den Schmerz mit mir selbst ausmachen. Mit ein Grund, warum meine Eltern mich nicht verstehen konnten. Ständig hatten sie über ihn gesprochen, ihre Erinnerungen geteilt. Sie hatten sich so sehr bemüht, den Verlust zu verarbeiten und zu akzeptieren. Ich konnte das so nicht. Und ich war mir auch nicht sicher, ob es den beiden wirklich gelungen war oder ob sie sich nicht gegenseitig etwas vormachten.

Seither fiel es mir schwer, offen auf andere Menschen zuzugehen. Es war einfach zu viel. Jimmys Tod, der Verlust meines Dads und nun auch meiner Mum – die Schicksalsschläge waren in meinem Leben wie Meteoriten auf der Erde eingeschlagen und hatten dabei ganze Kraterlandschaften gebildet.

War ich nun bereit, mein Leben grundlegend zu ändern, Nähe zuzulassen und mich voll und ganz einem anderen Menschen zu öffnen? Für Lara? Für uns? Für mich?

Ich biss in den Toast, ohne ihn in das flüssige Eigelb zu tunken.

»Ja, vielleicht hast du recht«, sagte ich, während ich meinen Gedanken noch immer nachhing. »Hat er denn schon lange auf sie gewartet?«

Leonore überlegte kurz.

»Er hat gegen neun geklingelt. Ich dachte, es wäre ein Reisender auf der Suche nach einem Bett für die Nacht. Doch er ließ mich gar nicht ausreden und fragte direkt nach Lara. Als ich daraufhin hochgegangen bin, um nachzusehen, ob sie noch schläft, fiel mir auf, dass ihr beiden wohl die Nacht nicht hier im Cottage verbracht habt. Laras Bett war unberührt, und auch in deinem Zimmer stand alles so da, wie du es gestern zurückgelassen hast«, fasste sie zusammen.

Das erklärte, warum Andy gegen zehn Uhr bei uns am See eintraf. Leonore hatte augenscheinlich nicht nur Laras Ex gesagt, dass sie nicht da war, sondern auch Andy verständigt, der nach dem Rechten sehen sollte. Damit schloss sich dieser Kreis.

»Und was ist dann passiert?«, wollte ich wissen.

Leonore seufzte.

»Ich bat den Fremden ins Haus, bot ihm sogar Frühstück an. Doch er zog es vor, im Garten auf Lara zu warten. Hat irgendwas von zu vielen Kohlehydraten gefaselt und sich dann auf die Bank im Gemüsebeet gesetzt.«

Menschen, die damit anfingen, ein gutes Essen gedanklich in all seine Einzelteile zu zerteilen, waren Leonore schon immer suspekt vorgekommen. Ich konnte mich noch sehr gut daran erinnern, wie Mum ihr erzählte, dass sie von einer neuen Diät gehört hätte, bei der vollkommen auf Kohlenhydrate verzichtet werden müsse. Leonore hatte ungläubig mit dem Kopf geschüttelt und gemeint, dass das nicht gut sein könnte.

Essen war nicht nur wichtig für den Körper, sondern auch für die Seele. In Leonores Welt konnte man nicht einfach wichtige Bestandteile der Nahrung weglassen, um abzunehmen.

»Sonst hat er nichts erzählt? Wie lange er bleiben wird? Oder warum er gekommen ist?«, fragte ich so beiläufig wie möglich nach.

Dabei war mir doch schon längst klar, dass Leonore schon längst wusste, wie es um mich stand.

»Leider nein«, sagte sie bekümmert.

»Vielleicht ist es besser so«, sagte ich mehr zu mir als zu Leonore.

»Wie meinst du das?«

Leonore setzte sich neben mich auf den Stuhl und sah mich dabei forschend an. Ihr Blick war so durchdringend, dass ich schließlich anfing, über Dinge zu sprechen, die ich eigentlich erst mal mit mir hatte ausmachen wollen.

»Na ja, Lara wird in ein paar Tagen zurück nach Deutschland fliegen. Sie hat dort ein Leben. Clachtoll Beach, das Cottage, wir – das ist alles nur ein kurzer Urlaub für sie«, brachte ich meine Bedenken auf den Punkt.

Leonore nickte wissend und lächelte mild dabei.

»Als ich damals Theodore kennenlernte, hätte auch keiner erwartet, dass er aus Edinburgh zu mir hierher an die Küste ziehen würde.«

Ich seufzte.

»Das ist nicht ganz dasselbe, denke ich.«

Leonore legte den Kopf schief. Ein untrügliches Zeichen dafür, dass sie nicht gewillt war, kampflos aufzugeben, was diese Diskussion anbelangte.

»Ach nein? Ist es denn nicht egal, wie viele Meilen man hinter sich lässt, wenn man dazu bereit ist, ein ganz neues Leben fernab seiner Wurzeln zu beginnen? Ich finde nicht, dass man da einen Unterschied machen kann.«

Irgendwie hatte Leonore ja recht. Aber im Gegensatz zu ihrem Theodore, der tatsächlich nicht lange gefackelt hatte und zu ihr gezogen war, konnte ich mir das nach meinem jüngsten Verhalten Lara gegenüber beim besten Willen nicht vorstellen. Dafür hatte ich ihr nicht genug Grund gegeben, mir zu vertrauen. Wie auch?

Schließlich wusste ich selbst überhaupt nicht, was ich wollte. Sollte ich wirklich hier in Clachtoll Beach bleiben? War das eine Option für mich? Oder würden mich auf kurz oder lang die Schatten meiner Vergangenheit wieder einholen?

»Keine Ahnung. Vielleicht geht Lara ja auch zu ihrem Ex zurück. Egal, wo der wohnt. Wer weiß …«

Leonore legte mir fürsorglich ihre Hand auf die Schulter.

»Das wirst du nur erfahren, wenn du sie fragst«, erklärte sie mir augenzwinkernd, erhob sich dann und nahm meinen Teller mit zur Spüle, um ihn abzuwaschen.

»Das kann ich doch machen«, bemerkte ich.

Leonore winkte nur ab.

»Geh du besser hoch, um dich auszuruhen. Ich habe so das Gefühl, dass du es dringend nötig hast.«

Kapitel 15

Lara

Drei Stunden hatte ich wie ein Stein geschlafen. Ein traumloser Schlaf weitab jeder Realität.

Dann plötzlich vernahm ich einen monotonen surrenden Ton. Immer wieder. Egal, wie oft ich mich auch umdrehte und mir das Kopfkissen über den Kopf zog, es wollte nicht aufhören.

Als ich die Störquelle ausgemacht hatte, griff ich schlaftrunken nach meinem Handy, das ich neben mir auf das kleine Nachtkästchen gelegt hatte.

»Ja?«, krächzte ich in den Hörer, wie man es tat, wenn man eine ganze Weile nicht gesprochen hatte.

»Lara?«, blaffte meine Mutter ungehalten in den Hörer. »Sag mal, schläfst du etwa am helllichten Tag?«

Erschrocken fuhr ich zusammen und saß wenige Sekunden später kerzengerade im Bett.

»Was? Ich … Nein, ich musste nur … Ach, ist nicht weiter wichtig. Was kann ich denn für dich tun?«

Ein lautes Seufzen war zu hören.

»Marvin hat uns versetzt, und ich kann ihn nicht erreichen. Weißt du zufällig, wo er steckt? Die anderen Frauen haben mir das ganz schön krummgenommen, dass er uns gleich in der zweiten Woche vergessen hat.«

Vermutlich hatte meine Mutter zuvor nur allzu laut darüber geprahlt, dass sie ja quasi mit dem Trainer verwandt wäre und alle es nur ihr zu verdanken hätten, dass sie in den Genuss eines solch exorbitant teuren Trainings kamen.

»Wie stehe ich denn jetzt da?«

Während meine Mutter mir ihr Leid klagte, erstickte ich beinahe. Meine Kehle war mittlerweile so trocken, dass ich kaum noch sprechen konnte. Dennoch tat ich es.

»Du, es handelt sich dabei bestimmt nur um ein Missverständnis. Vielleicht musste Marvin ja auf eine Fortbildung.«

Nach Schottland, ergänzte ich in Gedanken.

»Und da findet er nicht mal die Zeit, mich kurz zu informieren? Nein, ich weiß nicht. Das kann ich mir nicht vorstellen. Was, wenn ihm etwas zugestoßen ist? Man hört das doch immer wieder in den Medien. Diese Clan-Familien weiten sich immer weiter in Deutschland aus.«

Und schnappen sich ausgerechnet Marvin. Wohl kaum.

»Mama, wir wohnen in Würzburg. Da kennt jeder jeden. Von rivalisierenden Clan-Gruppen sind wir so weit weg wie die Pinguine von den Eisbären.«

»Was haben die denn jetzt mit Marvins Verschwinden zu tun?«, fragte meine Mutter beinahe schon entrüstet.

Ich seufzte.

»Gar nichts, Mama. Das war nur so ein Vergleich … Aber das ist nicht weiter wichtig. Ich werde Marvin anrufen und ihn fragen, was los ist. Okay?«

Ohne meine Mutter in diesem Moment sehen zu können, wusste ich doch ganz genau, dass ihr gerade ein freudiges Grinsen auf den Lippen haftete. Sie liebte es einfach, wenn ihr Plan aufging.

»Und sag ihm, wie enttäuscht ich bin. Ja? Vergiss das nicht.«

Schon im nächsten Moment hatte meine Mutter wieder aufgelegt, und ich ließ mich zurück in die Federn fallen.

Wie hatte ich nur in eine solch verzwickte Situation kommen können? Und warum, um Gottes willen, ließ ich mich von Marvin derart erpressen?

Weil er weiß, dass es funktioniert, erinnerte mich meine innere Stimme.

Resigniert schloss ich die Lider und legte meine Hände schwer auf mein Gesicht. So lag ich da und fragte mich, wie der Urlaub, den ich mir genommen hatte, um mal rauszukommen und mein Leben neu zu sortierten, derart aus dem Ruder hatte laufen können.

Alles, was ich wollte, war ein bisschen Zeit für mich, um mir über ein paar Dinge in meinem Leben klar zu werden. Dabei war meine Trennung von Marvin nur die Spitze des Eisbergs gewesen.

Ich fühlte mich von allen Seiten eingekesselt. Noch immer stand ich genau an der Stelle wie vor meiner Reise, als hätte ich mich keinen Millimeter bewegt.

Während ich mich dem Gedankenkarussell in meinem Kopf hingab, klopfte jemand an die Tür.

»Ja?«, fragte ich und fürchtete schon, es könnte am heutigen Tag noch schlimmer werden.

»Hier ist Leonore. Ich habe eine schottische Barleysoup gekocht und dachte mir, dass die dir bestimmt guttun würde.«

Erleichtertes Aufatmen.

»Komm doch herein«, bat ich sie und zog mir dabei schnell noch Shorts über.

»Hast du denn gut geschlafen?«, fragte Leonore, als sie den Suppenteller mit dampfendem Inhalt auf dem Schreibtisch abstellte.

Ein würziger Geruch stieg schon bald in meine Nase. Mein Magen knurrte interessiert. Die letzte Mahlzeit war nicht unbedingt besonders nahrhaft gewesen. Auch wenn ich Chips und Bier am Lagerfeuer mit Cailan jederzeit gegen jedes Festessen der Welt eingetauscht hätte. Ob er das wohl auch so sah?

»Ja, ich war ganz weit weg.«

Leonore lächelte mich großmütterlich an, ehe sie sich auf die Bettkante setzte.

»Das ist doch vollkommen in Ordnung. Hauptsache, ihr beiden habt euch von der Nacht erholt. Zum Glück ist euch nichts weiter passiert«, resümierte sie.

Doch so ganz stimmte das nicht. Es war sehr wohl etwas passiert. Cailan und ich waren uns nähergekommen, als ich je erwartet hätte.

»Kann ich etwas für dich tun? Du siehst so traurig drein.«

Ich schüttelte den Kopf.

»Nein, es geht schon. Meine Mutter hat nur eben angerufen. Sie ist … ein wenig fordernd«, erklärte ich.

Leonore nickte verstehend, ohne jedoch weiter nachzufragen. Dafür war ich ihr sehr dankbar.

»Was war das für ein junger Mann heute Morgen, der im Garten auf dich gewartet hat?«, wollte sie stattdessen wissen.

Ich seufzte.

»Das war Marvin. Mein Exfreund. Er möchte mich zurück.«

Dieses Thema hatte ich bislang, soweit es ging, von mir weggeschoben. Aber das Problem würde sich wohl kaum von selbst lösen. Marvin würde nicht sang- und klanglos wieder abreisen. Dafür kannte ich ihn zu gut. Wenn er etwas wollte, dann gab er alles. Wobei es ihm dabei nur darum ging zu gewinnen. Letztlich war ich also nicht mehr als eine Trophäe für ihn.

»Und was möchtest du?«

Die Frage kam so unerwartet, dass ich erst mal innehalten musste. Ich konnte mich nicht daran erinnern, wann mich das letzte Mal jemand gefragt hatte, was ich wollte. Das musste schon eine ganze Weile her sein.

»Genau das muss ich herausfinden«, offenbarte ich Leonore. »Ich bin auf der Suche nach mir selbst.«

Während meine Mutter bei diesem Satz vermutlich zu lachen angefangen hätte und mir erklärt hätte, dass ich mich nicht zu finden bräuchte, schließlich säße ich direkt neben ihr, nickte Leonore. Es war sehr lange her, dass ich mich von jemandem so verstanden gefühlt hatte.

»Marvin und ich, wir waren fünf Jahre ein Paar. Ich dachte, wir würden heiraten und Kinder bekommen. Und er dachte, ich würde Size Zero tragen und als Bodybuilderin neben ihm posieren. Wir hatten offenbar nicht ganz dieselben Vorstellungen vom Leben«, schlussfolgerte ich.

Es war das erste Mal, dass ich so offen und ehrlich über meine gescheiterte Beziehung sprach.

»Es ist gut, sich einzugestehen, dass der Weg, den man eingeschlagen hat, nicht der richtige für einen ist.«

Bei diesen Worten legte Leonore ihre Hand auf meine.

»Ja, vielleicht ist das so«, sinnierte ich.

Wobei mein Leben aktuell um einiges leichter wäre, wenn ich einfach zurück zu Marvin ginge. Meine Mutter hätte ihren wöchentlichen Sportkurs, der ihr innerhalb von einer Woche schon wichtiger geworden war als ihre eigene Tochter. Und Marvin könnte sich in dem Gefühl sonnen, mal wieder der absolute Champion zu sein.

Während ich in der Vergangenheit ständig darauf bedacht war, die Interessen der Menschen in meinem Umfeld in

Balance zu halten, war es mir nun allerdings wichtiger, mich selbst endlich ins innere Gleichgewicht zu bringen. Noch wollte es mir nicht gelingen. Aber aufgeben wollte ich auch nicht.

»Komm! Iss erst mal deine Suppe. Du wirst sehen, danach sieht die Welt schon gleich ganz anders aus«, behauptete Leonore.

Was wäre das doch für eine wundervolle Welt, in der ein Teller Suppe dazu führen würde, dass alle Probleme einfach verschwänden? Eine herrliche Vorstellung. Ganz im Sinne von: a soup a day keeps all problems away.

Leonore verließ das Zimmer, um mich ungestört essen zu lassen. Ich nahm am Schreibtisch Platz und genoss den Blick in den Garten. Mittlerweile war es später Nachmittag. Die bunten Farben der Blumen und Sträucher erhellten mein Gemüt. Und wenn ich mich ein wenig anstrengte, dann konnte ich von meinem Zimmer aus sogar das Meer sehen.

Ich löffelte meine Suppe und brachte Leonore sodann den Teller hinunter in die Küche. Doch sie war bereits gegangen. Also nahm ich ihn und wusch ihn in der Spüle ab. Danach stellte ich ihn zurück in den Schrank.

»Leonore?«, rief Cailan gerade hinter mir, als ich die Küche verlassen wollte.

»Sie ist schon nach Hause gegangen«, erklärte ich ihm und errötete leicht dabei.

Eigentlich hatte ich Cailan für den restlichen Tag aus dem Weg gehen und am Strand noch einen Spaziergang machen wollen. In den vergangenen vierundzwanzig Stunden war so viel passiert, dass ich mich erst mal wieder sammeln musste. Kein leichtes Unterfangen.

»Wir haben einen Interessenten für das B&B«, sagte Cailan und strahlte dabei übers ganze Gesicht. »Ist das nicht toll?«

Bevor ich wusste, wie mir geschah, eilte er zu mir, hob mich in die Höhe, und wir beide drehten uns im Kreis. Innerhalb weniger Sekunden wurde mir so schwindelig, dass ich mir nicht vorstellen konnte, wie ich als Kind stundenlang auf einem Karussell gesessen und mich immer schneller gedreht hatte, ohne dass mir schlecht wurde.

»Stopp!«, sagte ich schließlich bestimmt, als der Drehwurm in meinem Kopf kaum noch auszuhalten war.

Cailan setzte mich zurück auf die Füße. Ich schwankte leicht und fand Halt an seiner starken Brust. Hatten wir das nicht schon mal?

Bevor ich mich in der Sehnsucht verlieren konnte, dort weiterzumachen, wo wir gestern am See aufgehört hatten, schob ich ihn etwa auf Armeslänge von mir.

Cailans Lächeln gefror auf seinen Lippen. Schon tat es mir leid, dass ich regelrecht vor ihm zurückgewichen war. Aber ich konnte nicht länger ständig dafür sorgen, dass es den anderen Menschen in meinem Umkreis gut ging, während ich selbst dabei vor die Hunde ging.

Cailan hatte mich heute Morgen mit seiner Zurückweisung zutiefst getroffen. Viel tiefer, als ihm vermutlich bewusst war. Er kannte mich nicht, wusste nichts von meinem Bedürfnis, endlich irgendwo anzukommen und ein glückliches und erfülltes Leben zu leben.

»Wer ist es denn?«, kam ich wieder auf die Sache mit dem Verkauf zu sprechen.

»Hm? Ach so. Ja. Eine Familie, die in den vergangenen Jahren ihren Urlaub hier im Cottage meiner Mum gemacht hat, möchte das Haus kaufen. Sie kommen bereits morgen vorbei, um es sich anzusehen.«

Ein Stich durchfuhr mein Herz bei Cailans Worten. Dabei wusste ich gar nicht so genau, woran das lag. Schließlich hatte ich selbst alles dafür getan, dass jemand auf das Juwel am Clachtoll Beach aufmerksam wurde.

Doch die Vorstellung, das Cottage könnte schon bald den Besitzer wechseln, behagte mir mittlerweile nicht mehr. Und wenn ich Cailans Blick richtig deutete, dann mischte sich in die äußere Freude ein Hauch von Wehmut und Sorge.

Dennoch sagte ich: »Das sind doch tolle Neuigkeiten«, und rang mich zu einem freudigen Lächeln durch, das mir jedoch sehr schwerfiel.

Seit meine Eltern sich in meiner Kindheit getrennt und unser Haus daraufhin verkauft hatten, wollte sich nie wieder das Gefühl von Geborgenheit und Heimat innerhalb von vier Wänden bei mir einstellen. Dabei hatte ich wirklich alles versucht, um mir meine Wohnung so angenehm wie nur möglich einzurichten. Und nun, völlig unverhofft, fand ich mitten im schottischen Nirgendwo ein Haus, für das mein Herz schlug und das ich nur ungern wieder verlassen wollte.

Ich kämpfte gegen die Tränen an und sah dabei wie gebannt auf den Steinboden vor mir. Das Letzte, was ich wollte, war, dass Cailan auf meine Gefühlsregung aufmerksam wurde. Für ihn klang das sicher ohnehin lächerlich. Wie lange war ich denn schon hier, um mich derart in ein Haus zu verlieben und mir einzubilden, dass das hier der Ort war, an dem ich glücklich werden konnte? Denn so war es. Das war mir in diesem Augenblick klar geworden.

»Ja, großartig«, bestätigte mir nun auch Cailan.

Wobei er dabei nicht ganz so überzeugend klang wie noch vor wenigen Minuten, als er sich so überschwänglich über die Meldung gefreut hatte.

»Soll ich dir irgendwie behilflich sein? Muss noch etwas im Haus aufgeräumt oder sauber gemacht werden?«, bot ich meine Hilfe an, da Cailan mir nach wie vor nicht gesagt hatte, was ich ihm für meinen Aufenthalt schuldig war.

Cailan überlegte kurz.

»Könntest du draußen im Garten ein wenig nach dem Rechten sehen? Ich habe nicht unbedingt einen grünen Daumen. Statt des Unkrauts würde ich vermutlich Pflanzen aus der Erde jäten, die Mum voller Freude selbst gezogen hat. Sie hat immer alles dafür getan, damit sie gedeihen. Leonore kann ich nicht bitten. Und sonst fehlen mir ein wenig die Alternativen.«

Cailan lächelte verlegen.

»Ist gut. Ich mache mich gleich auf in den Garten und sehe zu, was ich machen kann. Als ich klein war, hatten wir auch einen großen Garten am Haus. Mal sehen, was von meinem Wissen von damals noch übrig geblieben ist.«

Erst jetzt fiel mir auf, dass meine Mutter nach dem Verkauf des Hauses nie mehr auch nur eine Orchidee auf dem Fensterbrett stehen hatte. Dabei war sie früher ständig im Garten gewesen und hatte sich dort um Erdbeeren, Himbeeren und Rosen gekümmert. Aber vielleicht wollte sie nach ihrer Scheidung auch nicht mehr daran erinnert werden, wie oft sie zwischen den Blumen und Nutzsträuchern Zuflucht aus ihrer Ehehölle gesucht hatte.

»Du machst das sicher ganz wunderbar«, bekräftigte mich Cailan, der mich überhaupt nicht kannte und dennoch so viel Vertrauen in mich setzte.

Einfach so.

Es war nicht nötig, dass ich ihn davon überzeugte oder stundenlang erklärte, warum ich etwas konnte. Das war ein gutes Gefühl. So viel Bestätigung bekam ich sonst nur in meinem Job im Hotel.

Unsere Blicke trafen sich und sprachen eine ganz eigene Sprache miteinander. Ich spürte das Bedürfnis, in seinen Armen zu liegen, so, wie ich es in der vergangenen Nacht getan hatte. Gleichzeitig wusste ich, dass ich mein Herz schützen musste.

Nach der Trennung von Marvin war es ohnehin angeschlagen. Ich sollte nicht riskieren, dass es doch noch brach. Dennoch kam ich nicht umhin, dem warmen Gefühl, das ich für Cailan empfand, nachzuspüren.

»Dann sollte ich jetzt wohl besser rausgehen«, mutmaßte ich.

Cailan bedachte mich mit einem schiefen Lächeln.

»Klingt nach einer guten Idee, wenn du dich um den Garten kümmern willst«, scherzte er.

Genervt verdrehte ich die Augen und wollte an ihm vorbei nach draußen gehen. Wie schnell wir wieder zur Routine zurückgefunden hatten. Ein wenig.

Doch als ich gerade auf Cailans Höhe war, griff er behutsam nach meinem Arm und brachte mich auf diese Weise zum Stehen.

»Danke«, hauchte er mir zu.

Ich konnte die Fragezeichen in seinen Augen erkennen. Doch ich wusste auch, dass er diese selbst beantworten konnte. So wie ich während der Gartenarbeit ein wenig in mich hineinhören und auf meine Bedürfnisse eingehen wollte. Achtsamkeit war das Thema dieser Zeit.

Kapitel 16

Cailan

Der Raureif hing noch über den Wiesen und Feldern. Nicht einmal Leonore war schon hier, um uns mit ihrem Frühstück zu beglücken. Der Morgen lag jungfräulich vor mir. Ich konnte entscheiden, was ich daraus machen würde.

Schlaf hatte ich in dieser Nacht nur wenig gefunden. Ständig musste ich an den Verkauf des Hauses denken. Wie würden die neuen Eigentümer sein? Hatten sie vor, das B&B weiterzuführen? Wie würde ich darauf reagieren, wenn sie sich dagegen entschieden?

Fragen über Fragen. Doch sosehr ich mich auch bemühte, auf ihre Beantwortung würde ich wohl noch ein bisschen warten müssen.

Schlaftrunken und aufgeputscht durch das Adrenalin in meinen Venen zog ich mir etwas über und ging dann hinunter in die Küche, um mir einen Kaffee zu machen.

Die Maschine machte einen schrecklichen Radau. Ich konnte nur hoffen, dass ich Lara damit nicht aufweckte. Die Sonne ging langsam auf. Der Garten vor dem Haus lag ruhig vor mir.

Als kleiner Junge war ich oft ganz früh aufgestanden, um den neuen Tag zu begrüßen, mich ins feuchte Gras zu legen und ein wenig Zeit für mich ganz allein zu genießen. Jimmy war wie die meisten kleinen Brüder eine furchtbare Klette gewesen und hing ständig an mir dran, während Mum und Dad das B&B führten und sich um die Gäste kümmerten.

Was täte ich nur dafür, wenn sie alle noch hier wären? Ich würde sogar in Kauf nehmen, dass Jimmy an meinem nicht vorhandenen Rockzipfel hing. Und meinen Eltern könnte ich mit dem Cottage helfen, Reparaturen vornehmen und Angeltouren planen. Ich war nicht ungeschickt mit meinen Händen.

Als die Erinnerungen und die Aussicht auf eine Zukunft, die sich nie verwirklichen würde, mir die Luft zum Atmen rauben wollten, zog ich meine Schuhe aus und ging hinaus in den Garten. Barfuß war mir meine Heimat auch nach all den Jahren noch immer am liebsten.

Mit jedem Schritt, den ich tat, fühlte ich mich verbundener mit ihr. Das war die Erde, auf der ich geboren, auf der ich aufgewachsen war. Hier hatte ich laufen und Rad fahren gelernt. Ein Ort, den ich nun hinter mir lassen wollte, um ein neues Leben zu beginnen. Aber war das überhaupt möglich?

Ich schüttelte den Kopf, wie um mir die leidigen Gedanken darin vom Hals zu schaffen. Statt zu denken, versuchte ich mich aufs Fühlen zu konzentrieren. Der kalte Tau unter meinen Füßen kitzelte mich. Es war ein bisschen so wie früher. Wie schön, dass nicht alles aus meiner Kindheit verloren war.

Das erste Mal hob ich meinen Blick und sah hinüber in Richtung Strand. Der Morgen leuchtete verheißungsvoll, es versprach, ein warmer Sommertag zu werden. Der süßliche Duft der Beeren und Blumen lag in der Luft und umspielte meine Nase. Schon war ich wieder der kleine Junge, der im Garten spielte, während seine Mum die Beete vom Unkraut befreite und dabei ein Lied auf den Lippen summte.

Eine Melodie gesellte sich zu den Eindrücken des Tages. Ganz leise, und doch war sie da. Ich konnte sie hören und spüren, auch wenn ich das Lied nicht kannte. Suchend blickte ich mich zu allen Seiten hin um. Erst jetzt wurde ich mir der Tatsache bewusst, dass ich nicht allein war.

Eine gebückte Gestalt war vor dem Haselnussstrauch zu erkennen. Das klirrende Geräusch einer Harke war zu hören. Und dieses Lied.

Ich näherte mich ihr auf leisen Sohlen, hatte ich doch Angst, sie könnte sich sonst schon im nächsten Moment in Luft auflösen. Trotz besseren Wissens hoffte ich. Dabei war es ganz unmöglich.

Mum war bei Jimmy und Dad im Himmel. Sie war nicht mehr hier, um sich um das Unkraut zu kümmern. Sie war ja nicht mal mehr da, um sich um mich zu kümmern. Und das, obwohl ich sie so sehr gebraucht hätte.

Ich war schon versucht, ihren Namen zu rufen, als die Gestalt sich abrupt aus ihrer gebückten Haltung erhob und mich geradewegs ansah.

»Lara?!«, stellte ich mit einer Mischung aus Verwunderung und Erleichterung fest.

Geister gingen eben doch nicht in den frühen Morgenstunden spazieren. Die saßen sicher viel lieber auf einer flauschigen Wolke und tranken Milchkaffee mit viel Schaum und einem Hauch Kakaopulver.

»Hast du mich erschreckt«, sagte sie und legte sich dabei eine Hand auf die Brust.

Die Harke hielt sie noch immer in der rechten.

»Was machst du hier?«

Lara fuhr sich mit dem Handrücken über die Stirn und bändigte dabei ihr gewelltes braunes Haar ein wenig. Offenbar kräuselten sich ihre Locken bei diesem Wetter. Sie sah süß aus. Auch wenn sie selbst das sicher nicht von sich behauptet hätte. Aber mir gefiel sie so. Sehr sogar.

»Ich bin gestern nicht ganz fertig geworden und wollte deshalb heute Morgen noch ein paar Kleinigkeiten erledigen, bevor die Familie kommt, um sich das Cottage anzusehen«, berichtete sie erschöpft.

Als sie die Hand wieder von ihrer Stirn nahm, war dort ein Streifen aus frischer brauner Erde zu sehen.

Stück für Stück ging ich weiter auf sie zu, während ich mich innerlich dafür schalt, allen Ernstes geglaubt zu haben, Mum wäre zurückgekommen, um sich um ihren Garten zu kümmern.

Aber wie sie da so gearbeitet und das Lied gesummt hatte, hatte Lara ihr sehr ähnlich gesehen. Zumindest aus der Ferne. Und mit viel Fantasie. Etwas, wovon ich offensichtlich recht viel hatte.

Auch wenn ich mir all der wohlbekannten Bilder aus der Vergangenheit hinreichend bewusst war, wollte sich das Gefühl von Geborgenheit nicht wieder einstellen. Es war anders. Neu.

Offenbar empfindest du so auch in Laras Nähe, erklärte meine innere Stimme und brachte mich daraufhin ins Grübeln.

Als ich bei Lara angekommen war, strich ich ihr vorsichtig über die Stirn, um sie von dem Schmutz zu befreien.

Sie zuckte ein wenig vor mir zurück.

»Du hast da Erde kleben«, sagte ich und berührte sie abermals.

Doch diesmal wich sie nicht zurück und hielt meiner Berührung stand.

Unsere Blicke verfingen sich ineinander und begannen abermals ihren intensiven Reigen. Ich wusste, dass es besser wäre, den Augenkontakt schnellstmöglich zu unterbinden. Doch ich konnte es nicht. Dafür fühlte ich mich viel zu sehr …

»Lara, ich …«, begann ich, als ich das Bedürfnis verspürte, ihr offen und ehrlich über meine Gefühle für sie zu berichten.

Wofür war ein Leben denn schon gut, wenn man es nicht wagte? Vielleicht hatte Leonore ja recht, und Lara würde bleiben, wenn sie wüsste, wie ich für sie empfand.

»Da bist du ja«, blaffte just in diesem Moment eine Stimme in meinem Rücken.

Auch wenn ich die Worte nicht verstehen konnte, sah ich in Laras Gesicht, dass sie nichts Gutes verhießen.

»Marvin!«, begrüßte sie ihn daraufhin. »Was machst du denn hier?«, hakte sie nach und wechselte dabei freundlicherweise ins Englische, sodass ich sie verstehen konnte.

Ihr Ex war also zurück. Offenbar wollte er Lara nach wie vor zurückgewinnen. Aber wie stand es bei ihr? Wollte sie sich denn erneut von ihm erobern lassen? Aber wäre sie dann nicht gleich gestern mit ihm mitgegangen, anstatt sich in den Garten hinter dem Cottage zu stellen, um Unkraut zu jäten? War die Beziehung mit ihm für sie aus und vorbei und bestand für mich noch die Hoffnung auf ein Happy End?

Fragen über Fragen, deren Beantwortung ich nicht kannte. Und vermutlich auch nicht so schnell in Erfahrung bringen würde. Schließlich rechnete ich jeden Moment damit, dass Lara mich wieder wie einen kleinen Jungen ins Haus zurückschickte.

Doch sie tat es nicht.

»Ich bin gekommen, um dich abzuholen«, erklärte er.

Nach wie vor stand ich mit dem Rücken zu ihm da. Wie ein Schild für Lara.

»Ich komme nicht mit«, erwiderte sie und griff dabei nach meiner Hand, wie um daran Halt zu finden.

»Deine Mutter hat mir geschrieben. Offenbar geht sie davon aus, dass ich gestern auf einer Fortbildung gewesen bin. Kannst du mir erklären, wie sie darauf gekommen ist?«

Was hatte denn nun Laras Mum mit der Sache zwischen den beiden zu tun? Ich verstand nicht so ganz, worum es hier ging. Wollte der Kerl nicht um Laras Liebe kämpfen? Er war doch nicht gekommen, um mit ihr über ihre Mum zu sprechen?

»Sie wird sich das für sich so zusammengereimt haben«, meinte Lara und wirkte dabei äußerst verunsichert.

»So, hat sie das? Nun, dann werde ich wohl mal Klartext mit ihr reden müssen. Das mit dem Kurs kann ich ohnehin nicht weiterführen. Dafür fehlt mir einfach die Zeit.«

Nach wie vor verstand ich nicht, worauf der Kerl bloß hinauswollte. Er hatte doch sicher nicht den langen Weg aus Deutschland auf sich genommen, um mit Lara dieses merkwürdige Gespräch zu führen. Das konnte ich mir nicht vorstellen. Oder doch?

»Tu das!«, sagte Lara mit fester Stimme und reckte das Kinn vor.

Bis vor wenigen Minuten war ich noch der Überzeugung, sie würde jeden Moment in sich zusammensinken. Aber nun wirkte sie standhaft und überzeugend. Ein guter Anfang. Für was auch immer.

Als Marvin nichts mehr sagte, drehte ich mich zu ihm herum, um seine Reaktion zu sehen.

Mit roten Wangen und geballten Fäusten stand er nur wenige Schritte von uns entfernt. Offenbar schien ihm Laras Antwort nicht im Geringsten zu gefallen.

Wie der unbeteiligte Dritte, der ich nun mal war, verharrte ich an Laras Seite und schwieg zu allem. Dennoch kam ich nicht umhin zu sehen, wie feindselig mich Marvin betrachtete.

»Und du.« Damit wandte er sich schon im nächsten Moment an mich. »Denkst wohl, dass du das ganz große Los mit Lara gezogen hast.« Er lachte sarkastisch auf. »Aber ich muss dich enttäuschen, mein Lieber. Sie ist eine furchtbare Klette, sie kriegt allein nichts gebacken. Ständig muss man ihr aus der Patsche helfen. Und wenn es dabei nur darum geht, einen Seniorenkurs für ihre Mutter und ihre Freundinnen auf die Beine zu stellen. Hör auf meine Worte! Du wirst in absehbarer Zeit dein blaues Wunder mit ihr erleben. Vermutlich liegt sie dir schon in den kommenden Wochen damit in den Ohren, wie sehr sie sich eine eigene Familie und Kinder wünscht.«

Lara erstarrte neben mir zur Salzsäure. Ungläubig blickte sie in Marvins Richtung, als könnte sie nicht glauben, was er da gerade von sich gegeben hatte. Unvorstellbar, dass dieser

Mann angeblich gekommen war, weil er Lara liebte. Auf mich machte er den Eindruck eines trotzigen Kindes, das nicht bekommen hatte, was es sich im Spielwarenladen ausgesucht hatte.

»Ich glaube, es ist besser, wenn du jetzt gehst.« Endlich fand sie wieder zu ihrer Sprache zurück.

Eine unglaubliche Leistung, wie ruhig sie blieb, während ihr Exfreund ihr solch verletzende Dinge an den Kopf warf. Damit konnte sie nicht gerechnet haben. Arme Lara!

»Ich soll also gehen. Ja? Nun, weißt du was? Das werde ich. Und glaub bloß nicht, dass ich auch nur noch ein einziges Mal abheben werde, wenn du mich anrufst. Am besten löschst du meine Nummer aus deinem Telefonbuch. Wir sind ab sofort geschiedene Leute.«

Vor Wut schäumend blickte er zunächst zu mir, dann erst in Laras Richtung.

»Wir waren bereits vor deinem Erscheinen hier in Schottland getrennt, Marvin. Und daran wird sich auch in Zukunft nichts mehr ändern.«

Lara wirkte mit jeder weiteren Minute gefasster.

Marvin öffnete den Mund, wie um etwas zu erwidern, schloss ihn dann jedoch wieder und machte dabei eine abwinkende Handbewegung. Offenbar wollte er sich nicht länger darüber unterhalten, wer wann wie und überhaupt mit wem Schluss gemacht hatte.

Schon im nächsten Moment machte er auf dem Absatz kehrt und stapfte wie Rumpelstilzchen höchstpersönlich in Richtung des Torbogens.

»Das ist …«, begann ich und wurde abermals unterbrochen.

»… Geschichte«, beendete Lara meinen Satz.

»Ich hätte es nicht besser ausdrücken können«, bestätigte ich ihr.

Eine gewisse Verlegenheit mischte sich in die Stille, die daraufhin zwischen uns aufkam. Keiner von uns beiden wusste so recht, wie er weitermachen sollte. War es Lara wichtig, über das eben Geschehene zu reden, oder wollte sie lieber schnellstmöglich vergessen, was vorgefallen war, und die Gartenarbeit wieder aufnehmen?

Unsicher, was in einer solchen Situation zu tun wäre, wartete ich ab, was Lara wollte.

»Hättest du Lust, mir ein bisschen im Garten zu helfen?«, fragte sie schließlich.

Ich nickte.

»Und ich bin gar nicht so eine schlimme Klette, wie Marvin behauptet hat.« Offenbar war es ihr wichtig, dass ich Marvins Worte nicht für bare Münze nahm. Etwas, was ich auch ohne ihren Hinweis nicht getan hätte. Dafür war mir der Kerl viel zu unsympathisch.

»Wie schade«, sagte ich.

Lara warf mir dabei einen fragenden Blick zu.

»Ich mag Kletten nämlich sehr gerne, musst du wissen.«

Ein verlegenes Lächeln breitete sich auf ihren Lippen aus, während sie eine Strähne ihres krausen Haares hinters Ohr schob.

»Was ist mit Kletten, die krauses Haar bekommen, sobald es draußen nass ist?«

»Die ganz besonders«, schlussfolgerte ich.

Während mir noch der Mut fehlte, den nächsten Schritt auf Lara zuzugehen, war sie viel entschlossener. Ihre Lippen trafen bereits die meinen, als ich noch darüber nachdachte, wie ich es anstellen sollte, sie zu küssen.

Doch dann tat ich es. Ich küsste sie. Und sie küsste mich. Küssend standen wir da, bis die Sonne unsere Nasenspitzen kitzelte und Leonore sich räusperte, um darauf aufmerksam zu machen, dass das Frühstück nun fertig war.

Kapitel 17

Lara

»Sie kommen«, rief Cailan voller Vorfreude, als sich ein Wagen die Auffahrt hochkämpfte.

Ich fiel mal wieder aus meiner Gleichgewichts-Yoga-Übung und machte mir dabei gedanklich eine Randnotiz, dass ich diese Übung in absehbarer Zeit nicht mehr versuchen sollte. Schließlich wollte sie mir einfach nicht gelingen. Warum mich also selbst damit geißeln?

»Das ist toll«, hörte ich mich sagen, auch wenn ich viel lieber etwas ganz anderes gesagt hätte.

Nun würde also die Familie kommen, die beabsichtigte, hier das Leben zu führen, in das ich mich heimlich schon hineingeträumt hatte. In Gedanken hatte ich mir bereits ausgemalt, wie man den Charme des Hauses erhalten und dennoch das ganze Jahr über für Gäste sorgen konnte. Dabei war mir so manche Idee gekommen, die ich am liebsten gleich in die Tat umgesetzt hätte.

Doch anstatt Cailan darauf hinzuweisen, wie viel Potenzial in seinem B&B steckte, lächelte ich aufmunternd und versuchte mir nicht anmerken zu lassen, wie sehr mich der Verkauf des Hauses tief im Herzen berührte.

Schließlich war das Cottage der einzige Bezug, den Cailan noch zu seiner Familie hatte. Wenn es mir möglich gewesen wäre, damals, als meine Eltern sich trennten, das Haus, in dem ich geboren und die ersten Jahre aufgewachsen war, zu halten, ich hätte alles dafür getan. Heute lebte auch wieder eine Familie darin. Als ich vor wenigen Wochen daran vorbeispaziert war, hatten sie gerade im Garten gegrillt, dort, wo früher meine Rutsche gestanden hatte. Sie wirkten glücklich und zufrieden.

»Soll ich dir irgendwie helfen?«, fragte ich, obwohl ich am liebsten fluchtartig von hier verschwunden wäre.

Denn mir dämmerte, dass auch hier gleich eine ebenso glückliche und zufriedene Familie aufschlagen und sich augenblicklich pudelwohl in dieser herrlichen Umgebung fühlen würde. Das war etwas, was ich in meinem Leben immer schmerzlich vermisst hatte. Und das bis heute.

»Ich weiß nicht, vielleicht sollten wir …«

Cailan wirkte enorm nervös auf mich. Der Verkauf des Hauses ließ ihn offenbar doch nicht so kalt, wie ich vermutet hatte.

Leonore war nicht hier, um ihn zu unterstützen. Viel zu nahe ging ihr die Tatsache, dass sie sich demnächst für immer von dem Ort verabschieden musste, an dem ihre Freundin gelebt hatte.

Ich fühlte mit der alten Frau und konnte sehr gut nachvollziehen, dass sie zu diesem Termin nicht erscheinen wollte. Dennoch hätte Cailan gerade jetzt ihre helfende und unterstützende Hand sehr gut gebrauchen können.

»Es wird schon alles gut gehen«, beruhigte ich ihn und umschloss seine Hand mit der meinen.

Augenblicklich entspannte er sich ein wenig. Das jedoch nur so lange, bis die Wagentür ins Schloss fiel. Unsere Gäste waren angekommen.

Kinderlachen war zu hören. Ein Baby weinte kurz. Die Eltern schienen sich über all den Lärm hinweg zu unterhalten, während sie auf das Cottage zuhielten. Es war ein lebendiges Durcheinander, was da auf uns zukam. Und auch wenn ich sehr traurig darüber war, dass Cailan von seinem Vorhaben nicht abzubringen war, erfreute es mich sehr, dass das Haus eine glückliche Familie beherbergen würde.

Mit einem freudigen »Hallo« stürmten die fünf Walshes auf uns zu. Was nicht ganz stimmte. Denn das Baby lag noch in den Armen seiner Mutter. Sie hielt es fest und sicher. Ein rührendes Bild von Zuversicht und grenzenloser Geborgenheit. Ich bemühte mich, nicht schon allein bei diesem Anblick in Tränen auszubrechen. Noch gelang es mir ganz gut. Doch ich konnte für nichts garantieren.

»Hallo, wie schön, dass ihr zu uns gefunden habt«, begrüßte Cailan die Neuankömmlinge und reichte ihnen nacheinander die Hand.

Schon streckten sie sie auch mir entgegen. Ich wollte bereits widersprechen, entschied mich dann jedoch dagegen, da ich sie nicht vor den Kopf stoßen wollte. Schließlich gab es keinen Grund dazu. Cailan hatte inseriert und nach Käufern gesucht. Sie waren nicht gekommen, um sich unrechtmäßig etwas unter den Nagel zu reißen, was nicht zum Verkauf stand. Leider.

»Wir sind so froh, wieder hier zu sein. Die Urlaube in diesem Cottage waren mit die schönsten, die wir in den vergangenen Jahren gemacht haben«, erklärte die Mutter überschwänglich und hielt dabei ihr Baby in die Höhe. »Nun zu wissen, dass dieser freudige Ort weiterbestehen wird und auch Matthew die Chance bekommt, das ganz eigene Flair zu spüren, macht uns sehr glücklich.«

Ich lächelte bemüht. Ohne diese Frau zu kennen, schaffte sie es doch, genau das zu sagen, was auch mir auf dem Herzen lag. Dieses Cottage mit seinem atemberaubend schönen und vor allem bunten Garten war ein herrlicher Ort zum Leben.

»Wann können wir an den Strand gehen, Mum?«, fragte ein kleiner Junge mit Basecap auf dem Kopf und weißen kleinen Füßen in Sandalen.

Sein Dad ging vor ihm in die Hocke, um mit ihm auf Augenhöhe sprechen zu können.

»Mum und Dad müssen kurz noch ein paar Dinge klären, dann gehen wir los.«

Als der Kleine verstehend nickte, stand der Vater wieder auf und wandte sich an uns.

»Dürfen die Kinder im Garten spielen? Wir haben eine lange Autofahrt hinter uns. Sie brauchen ein wenig Auslauf«, erklärte er lächelnd.

»Das ist gar kein Problem«, sprang ich für Cailan ein, dem die Situation nicht ganz so behagte.

Offenbar war er die Gesellschaft von Kindern nicht gewohnt.

»Ja, genau. Geht ruhig und spielt!«, sagte er dennoch, wirkte dabei allerdings, als würde er aus einer Art Trance erwachen.

»Der Garten ist so schön wie eh und je«, überspielte Mrs Walsh die Situation.

Ihr war offenbar auch aufgefallen, dass Cailan sich nicht ganz wohl in seiner Haut fühlte.

»Lara hat sich darum gekümmert«, sagte er prompt und blickte mir dabei fest in die Augen, als würde er mich fragen wollen: »Was tue ich hier eigentlich?«

Ich lächelte ihm aufmunternd zu. Schließlich war es doch genau das, was er wollte. Oder?

Er war aus Aberdeen gekommen, um das alte Haus seiner Familie zu verkaufen. Er arbeitete in dieser Softwarefirma und konnte sich nicht vorstellen, in der Provinz zu leben und ein B&B zu führen. Das hatte ich zumindest geglaubt. Aber je länger ich ihn mir ansah, desto mehr war ich der Ansicht, dass ich ein ganz falsches Bild von ihm hatte. Jetzt wurde mir klar: Cailan wollte hier gar nicht weg. Er hatte nur Angst vor der Einsamkeit gehabt. Das konnte ich ganz deutlich von seinen Augen ablesen.

Ich war mir dabei so sicher, weil es mir beim Auszug aus unserem Haus damals nicht anders ergangen war. Am liebsten hätte ich mich auf den Boden meines ehemaligen Kinderzimmers gesetzt und so lange den Atem angehalten, bis meine Eltern sich wieder lieb hatten und den Verkauf zurücknahmen.

Aber der Raum war leer. Bis auf die Striche an der Wand, die mein Vater gemacht hatte, wenn er gemessen hatte, wie groß ich geworden war, zeugte nichts mehr in dem Zimmer davon, dass es einmal mein Zimmer gewesen war. Und auch wenn ich geblieben wäre, meine Eltern wollten das unter keinen Umständen.

»Vielleicht könnten wir eine kleine Tour durch das Haus machen?«, schlug Mr Walsh vor und weckte uns beide damit aus unseren Gedanken.

Er musste uns für schrecklich unvorbereitet und unsensibel halten. Dabei kämpften wir beide nur jeder für sich um den Erhalt eines Traums.

»Aber sicher doch«, sagte Cailan als Erster und ging den beiden voraus in Richtung Haustür.

»Ich bleibe bei den Kindern«, schlug ich vor und gesellte mich zu ihnen.

Gerade spielten sie Verstecken. Für dieses Spiel eignete sich der Garten nahezu perfekt. Schließlich gab es hinter den Sträuchern und Hecken unzählige Möglichkeiten, den suchenden Augenpaaren aus dem Weg zu gehen.

»Jetzt bist du dran«, sagte der kleine Junge und zog dabei an meinem Shirt.

»Sehr gerne. Wie heißt du denn?«, fragte ich nach.

»Henry«, erklärte er mir. »Und ich bin vier Jahre alt.«

Ich lächelte über den kleinen blonden Jungen, der mir ganz stolz vier Finger entgegenstreckte.

»Und wie heißt deine Schwester?«, wollte ich schließlich auch noch wissen.

Die Kleine hielt sich noch immer versteckt. Das Baby lag nach wie vor wohlbehütet auf den Armen seiner Mutter.

»Das ist Charlotte. Sie ist sechs und eigentlich ganz okay. Nur manchmal ärgert sie mich. Aber dann ärgere ich sie einfach zurück, bis einer weint.«

Henry, 4 Jahre, schien offenbar schon genau zu wissen, wo der Hase lang lief. Es gab sogar Erwachsene, die exakt nach diesem Muster eine Ehe bestritten.

»Wollen wir Charlotte gemeinsam suchen? Was meinst du?«

Henry wiegte seinen Kopf erst bedächtig zu der einen und dann wieder zu der anderen Seite.

»Ich weiß nicht«, sagte er schließlich.

»Danach suche ich euch dann beide allein. Einverstanden? Nur beim ersten Mal brauche ich ein bisschen Hilfe von dir. Ich kann mich nämlich gar nicht mehr daran erinnern, wann ich das letzte Mal Verstecken gespielt habe. Das muss eine Ewigkeit her sein.«

Henry lachte.

»Na gut. Ich helfe dir«, sagte er mit vor Stolz geschwellter Brust.

Suchend und lachend verbrachten wir daraufhin die nächste Stunde. Bis dato war auch alles ganz harmonisch verlaufen. Doch irgendwann hatte Charlotte Henry geschubst, weil er in ihren Augen beim Zählen durch seine kleinen Fingerchen hindurchgesehen hatte.

Henry wiederum hatte das nicht auf sich sitzen lassen wollen und war damit zum Gegenangriff übergegangen. Wenig später lag Charlotte schließlich weinend im Feld der Karotten und roten Rüben.

»Wird mich der Mann mit den traurigen Augen jetzt schimpfen?«, war ihre größte Sorge.

Ich lächelte sie aufmunternd an und trocknete mit meinen Fingern ihre Tränen.

»Niemand wird dich schimpfen. Hörst du? Du hast schließlich nichts Schlimmes gemacht.«

Ganz im Gegenteil. Henry und seine Schwester hatten den Garten mit Leben und so viel Freude gefüllt. Mir wurde ganz schwer ums Herz, wenn ich nur daran dachte, dass ich ihr freudiges Lachen und Quietschen schon bald nicht mehr hören würde.

»Wir können dann zum Strand«, sagte Mr Walsh in meinem Rücken.

Ich half Charlotte zurück auf die Beine und klopfte dabei den Staub von ihrem Sommerkleid mit den kleinen bunten Blumen darauf.

»Waren die Kinder denn brav?«, fragte mich Mrs Walsh und blickte dabei auf die geröteten Augen ihrer Tochter.

»Es hat mir sehr viel Spaß gemacht, mit den beiden zu spielen. Es sind wirklich ausgesprochen liebe Kinder.«

Glücklich und zufrieden eilten die beiden Kinder in Richtung Gartentor. Offenbar war der Strand das, worauf sie sich am meisten gefreut hatten. Ich konnte das sehr gut nachvollziehen und ließ sie ziehen, auch wenn ich am liebsten mitgegangen wäre. Aber das waren nicht meine Kinder. Und es war auch nicht meine Familie.

Als sie bereits aufgebrochen war, kam Cailan aus dem Haus. Er sah nicht gut aus. Die quälende Frage, ob er hier gerade das Richtige tat, stand ihm offen ins Gesicht geschrieben. Ich wollte ihn in den Arm nehmen und ihm gut zureden. Aber mir fehlte die Kraft, ihm beizustehen, fand ich doch selbst, dass er gerade im Begriff war, die falsche Entscheidung zu treffen.

»Sie wollen sich am Strand eine kleine Auszeit gönnen und mir danach sagen, ob sie das Cottage kaufen wollen«, erklärte er mir, ohne dass ich ihn darum gebeten hätte.

»Die Kinder waren sehr lieb«, sagte ich, um Cailan ein wenig Hoffnung zu schenken.

Schließlich würde das Haus mit Leben gefüllt werden. Auch wenn er dann kein Teil mehr davon war.

Nickend setzte er sich neben mich aufs Gras. Die Bank war nicht weit, und dennoch ließ er sich auf dem Boden nieder.

»Was denkst du gerade?«, fragte ich ihn und setzte mich zu ihm.

»Als ich noch klein war, haben Jimmy und ich stundenlang in diesem Garten gespielt. Sehr gerne Verstecken. Er hat mich immer gefunden. Und wir haben dabei so manches Mal eines von Mums Beeten auf den Kopf gestellt. Sie hat uns allerdings nie geschimpft.«

Ich sah ihn verwundert an.

Er deutete zum Fenster, das aus dem ersten Stock in den Garten zeigte.

»Ich habe euch dabei beobachtet, wie ihr hier gespielt habt. Weißt du, ich … Puh, das habe ich bisher noch niemandem erzählt«, er lachte über seine Verlegenheit hinweg und kratzte sich dabei am Hinterkopf, »aber der Grund, warum ich in den vergangenen Jahren so selten hierhergekommen bin, war die Erinnerung und die unsagbare Trauer, die ich in dem Haus zu spüren glaubte. Beim Anblick der Kinder bekam ich jedoch ein Gefühl dafür, warum Mum so sehr daran festhielt, ihr B&B weiterzuführen, anstatt hier alle Zelte abzubrechen und zu mir nach Aberdeen zu kommen, wie ich es ihr vorgeschlagen hatte. Sie hat das gefühlt, wovor ich lieber mein Herz verschlossen habe.«

Ich blickte ihn fragend an.

»Es geht immer weiter. Oder? Das Leben. Die Liebe. Kinder sind das, was uns mit dem schrecklichen Schicksal des Verlusts eines geliebten Familienmitglieds versöhnt. Ich verstehe das jetzt. Doch nun ist es zu spät.«

Tränen schwammen in Cailans Augen.

Überfordert von seinem Geständnis benötigte ich ein paar Minuten, um das Richtige zu tun.

Einfühlsam legte ich meine Hand auf seinen Rücken und strich vorsichtig darüber.

»Es ist nie zu spät dafür, das Richtige zu tun«, bekräftigte ich ihn.

»Das klingt … ziemlich philosophisch.«

Cailan schenkte mir sein schiefes Grinsen.

Schon tat es mir fast wieder leid, dass ich mich seiner angenommen hatte.

Zur Strafe knuffte ich ihn in die Seite.

Mit einem »Hey!« beschwerte er sich und kitzelte mich danach ohne Vorwarnung.

Ich spürte seine Hände auf meiner Haut und erinnerte mich schlagartig wieder an unsere erste und voraussichtlich auch letzte gemeinsame Nacht. Beinahe sehnsüchtig hoffte ich bereits auf einen Kuss, einen Hauch von Intimität. Dabei hätte ich es doch besser wissen müssen.

Schon nach wenigen Sekunden flehte ich regelrecht nach Erbarmen, da ich kaum noch Luft bekam und mir die unerwartete Vertrautheit immer mehr zusetzte.

»Bitte, Cailan, ich kann nicht mehr«, flehte ich schließlich.

Er hielt tatsächlich inne.

»Nur, wenn ich einen Wunsch frei habe«, forderte er.

»Einen Wunsch? Was denn für einen Wunsch? Ich denke nicht, dass …«

Doch noch ehe ich weitersprechen konnte, begann er schon wieder damit, mich zu kitzeln.

»Okay, okay. Du hast einen Wunsch frei. Bist du nun zufrieden?«, sagte ich ganz außer Atem.

Cailan strahlte wie ein Honigkuchenpferd und fragte:

»Warum nicht gleich so?«

Dann ging er ohne Vorwarnung in Richtung Haus.

Verdutzt sah ich ihm nach.

»Was ist denn jetzt mit dem Wunsch?«, rief ich ihm nach.

Er winkte ab.

»Den hebe ich mir für den richtigen Zeitpunkt auf. Das muss gut überlegt sein, weißt du?«

Kopfschüttelnd sah ich ihm nach, als er im Cottage verschwand.

Um ein wenig auf andere Gedanken zu kommen, entschied ich mich, meinen Lieblingsort im Garten aufzusuchen und ein wenig Yoga zu machen. Die Bienen und Hummeln begleiteten mich auf meinem Weg, während sie fleißig von Blume zu Blume flogen und ihren Teil dazu beitrugen, dass dieser Garten als eine wahre Oase bezeichnet werden konnte.

Ich kannte dieses Haus mit seiner Umgebung noch nicht besonders lange, und dennoch stellte ich mir den Abschied schon jetzt unglaublich traurig vor. Vor allem mit dem Wissen, dass ich in absehbarer Zeit nicht wieder hierherkommen konnte.

Die Walshes hatten noch nicht darüber gesprochen, was sie mit dem B&B machen wollten. Aber bei drei Kindern blieben nicht sonderlich viele Zimmer für Gäste übrig. Gut möglich also, dass sie es als reines Wohnhaus gebrauchen würden.

Ein Stich durchfuhr mein Herz in diesem Moment. Die Vorstellung war so traurig und endgültig. Doch um wie vieles schlimmer musste es da erst Cailan ergehen?

Ich wollte gerade damit beginnen, mein inneres Gleichgewicht zu suchen, als mein Handy in meiner Hosentasche wie auf Kommando vibrierte. Als ich es in Händen hielt und den Namen meiner Mutter auf dem Display las, erinnerte ich mich sehr konkret daran, dass ich eigene Probleme hatte, um die ich mir Sorgen machen konnte.

»Hallo, Mama«, nahm ich ihren Anruf trotz Bauchschmerzen an.

Sicher hatte sie in der Zwischenzeit mit Marvin gesprochen.

»Marvin hat mich angerufen«, schoss es gleich aus ihr heraus.

»Es tut mir leid, dass er …«, bemühte ich mich um Verständnis und Anteilnahme.

»Ach, papperlapapp. Dir tut das überhaupt nicht leid. Hast du denn auch nur den Hauch einer Ahnung davon, wie ich nun vor meinen Freundinnen dastehe?«

Gerade als meine Mutter anhob, mir ihr Leid zu klagen und mich dafür verantwortlich zu machen, kam Leonore in den Garten und lächelte mir aufmunternd zu. Sie war doch hergekommen, und offenbar war ihr mein besorgter Gesichtsausdruck nicht entgangen.

Ich schöpfte Mut aus ihrer Anteilnahme. Gleichzeitig verspürte ich in mir einen enormen Widerwillen gegen die Anfeindungen meiner Mutter aufkommen. Und das erste Mal seit sehr langer Zeit wurde ich mir der Tatsache bewusst, dass ich nicht dafür verantwortlich war, dass meine Mutter unglücklich war.

Ganz im Gegenteil. Sosehr ich mich auch anstrengte und bemühte, immer alles richtig zu machen und ihr zu helfen, wo ich nur konnte, es würde immer wieder einen neuen Marvin in unserem Leben geben, der ihr nicht das gab, was sie wollte. Und das war auch okay so. Schließlich waren wir erwachsen und eigenständige Menschen. Und genau dieser konnte ich nur wieder werden, wenn ich meine Mutter losließ und ihr klarmachte, dass sie selbst für ihr Seelenheil verantwortlich war.

»Mama, ich kann verstehen, dass du wütend bist, aber ich kann das nicht länger«, platzte es so unerwartet heftig aus mir heraus, dass ich selbst ganz überrascht darüber war.

»Wie bitte? Was soll das denn jetzt wieder heißen?«, erwiderte meine Mutter mit einer Mischung aus Aggression und Irritation.

»Das soll genau das heißen, was ich gesagt habe. Ich kann mich nicht länger darum kümmern, dass dir all deine Probleme und Sorgen genommen werden und du nur abzuwarten brauchst, bis ich für dich all deine Angelegenheiten in die Hand nehme. Mir ist bewusst, dass du an der Trennung von Papa ganz schön zu knabbern hattest. Aber das liegt über zwanzig Jahre hinter dir. Du musst jetzt wieder anfangen, dich selbst um dein Leben zu sorgen, Mama.«

Meine Stimme klang nun viel ruhiger und besonnener. Mit jedem weiteren Wort verglomm meine Wut. Ich verspürte Erleichterung darüber, endlich gesagt zu haben, was mir schon so lange auf dem Herzen lag. Das schlechte Gewissen, von dem ich erwartet hätte, dass es sich einstellen würde, blieb auch aus.

»Was soll das denn bitte schön heißen, du hättest dich um meine Angelegenheiten gekümmert? Das stimmt doch überhaupt nicht«, wehrte sie sich.

»Ach nein?«, hob ich zum Gegenangriff an. »Und was ist, wenn mal wieder die Spülmaschine nicht funktioniert, das Klo verstopft ist oder du keine Lust hast, rechtzeitig einkaufen zu gehen? Bist du diejenige, die dann den Reparaturservice oder den Klempner anruft? Wer von uns beiden geht kurz vor acht in den Supermarkt und erntet die strafenden Blicke der Kassiererinnen?«

Es tat gut, sich all den angestauten Frust von der Seele zu reden. Denn dieser Frust war nicht meiner. Auch wenn ich ihn in all den Jahren zu meinem gemacht hatte. Ein riesengroßer Fehler, wie ich nun feststellen musste. Dabei hatte ich doch nur helfen wollen. Aber im Endeffekt hatte ich alles dafür getan, dass meine Mutter sich nicht aus ihrer Komfortzone herausbewegen musste. Anstatt sie zu ermutigen, selbst den nächsten Schritt zu gehen, hatte ich zugesehen, wie sie sich in einen Kokon einhüllte und darauf wartete, als wunderschöner Schmetterling zu schlüpfen.

Aber wir waren keine Larven. Wir waren Menschen aus Fleisch und Blut. Wesen, die ihr Leben selbst in die Hände nehmen konnten und nicht darauf warten mussten, sich äußerlich wie innerlich zu verwandeln.

Es lag an uns. An niemandem sonst.

»Also, willst du mir nun allen Ernstes vorhalten, dass du mir ab und an einen Gefallen tust? Das machen Kinder doch für ihre Eltern.«

Während ich zu Anfang des Gesprächs das Gefühl hatte, jeden Moment an die Decke gehen zu müssen, entspannte ich mich nun stetig mehr. Ich wusste, dass ich den richtigen Weg eingeschlagen hatte. Nun war es wichtig, dranzubleiben und nicht umzukehren. Denn damit würde ich weder mir noch meiner Mutter einen Gefallen tun.

»Wann hast du mich das letzte Mal gefragt, wie es mir geht?«, stellte ich ihr eine Gegenfrage.

»Was tut denn das jetzt zur Sache? Hier geht es doch um meinen Kurs bei Marvin, den du durch dein egoistisches Verhalten torpediert hast. Wenn du nicht wärst, dann …«

»… hättest du den Kurs bei Marvin überhaupt nicht bekommen.«

Stille am anderen Ende der Leitung. Doch ich konnte sie aushalten.

»Ja, vielleicht hast du da recht. Aber dass ich mich nicht nach dir erkundige, stimmt nicht. Ich bin schließlich diejenige von uns beiden, die dich immer anruft. Nicht umgekehrt.«

Nach wie vor schien meine Mutter sich im Recht zu fühlen.

»Du rufst an, um mir dein Leid zu klagen oder etwas von mir zu verlangen. Bei keinem der Gespräche, das wir in den letzten zwölf Monaten geführt haben, ging es auch nur ein einziges Mal um mich. Dann wüsstest du nämlich, dass Marvin und ich uns getrennt haben, weil er der Meinung ist, ich wäre zu fett. Du wüsstest, dass ich eine Auszeit brauche, um endlich wieder zu mir selbst zu finden. Und du wüsstest, dass ich mir nichts sehnlicher wünsche als eine Mutter, die für mich da ist.«

Am Ende war meine Stimme so leise, dass ich Angst hatte, sie könnte jeden Moment brechen.

»Das … Ich weiß gar nicht, was ich jetzt sagen soll. Ich … fühle mich schrecklich, wenn du mir all diese Dinge an den Kopf wirfst.«

Ich seufzte, da ich bereits befürchtete, dass es jetzt wieder nur um das Befinden meiner Mutter ginge. Mit manchen Menschen konnte man offensichtlich noch so offen sprechen, wie man wollte, es änderte rein gar nichts.

»Mama, ich denke …«, hob ich an, doch sie ließ mich gar nicht erst aussprechen.

»Es fühlt sich schrecklich an, aber ich kann verstehen, warum du es tust. Nein, ich bin sogar der Ansicht, dass du vollkommen recht damit hast. Ich habe mich zu sehr darauf verlassen, dass du alles für mich regeln würdest. Ganz so, als wäre ich die Tochter und du die Mutter. Dabei …«

Ein Schluchzer war in der Leitung zu hören.

»Mama?«, fragte ich besorgt nach.

»Dabei hätte ich mich doch um dich kümmern müssen. Dann wäre dieser Marvin auch nicht ungestraft damit davongekommen, von meiner Tochter eine Diät zu verlangen. Der hat sie doch nicht mehr alle!«

Es war rührend, wie meine Mutter sich das erste Mal seit sehr langer Zeit für mich einsetzte. Auch wenn die Sache mit Marvin bereits durchgestanden war, fühlte es sich gut an, von ihr bestätigt zu bekommen, dass die Forderungen von ihm vollkommener Schwachsinn waren.

»Vielleicht sollten wir versuchen, füreinander da zu sein«, schlussfolgerte ich und setzte mich dabei im Schneidersitz auf den Boden.

»Das klingt nach einem richtig guten Plan. Und jetzt rufe ich erst mal diesen Marvin an. Der kann was erleben. So mit meiner einzigen Tochter umzugehen. Was für ein Idiot!«

Ich lachte.

»Das mit Marvin und mir ist vorbei, Mama. Spar dir deine Energie für die wirklich wichtigen Dinge im Leben.«

»Du hast recht. Ich spar mir meine Energie für meine wundervolle Tochter.« Sie seufzte. »Es tut mir leid, dass ich mich dir gegenüber so verantwortungslos verhalten habe. Das hast du nicht verdient. Aber es tat so gut zu wissen, dass es jemanden gibt, der mir immer zuhört«, erklärte sie.

»Und daran wird sich auch ganz bestimmt nichts ändern. Ich bin für dich da.«

»Und ich für dich«, sagte sie.

Seit langer Zeit spürte ich das Gefühl, ehrlich und aufrichtig meiner selbst willen geliebt zu werden. Ich musste dafür keine Diät halten oder wie im Falle meines Vaters ständig hinter ihm her telefonieren.

»Ich liebe dich, meine Lara.«

»Und ich liebe dich.«

Kapitel 18

Cailan

Wie ein eingesperrtes Tier lief ich durch mein Zimmer und wartete darauf, dass die Walshes von ihrem Ausflug zum Strand zurückkamen. Es fühlte sich nach einer Unendlichkeit an, dabei waren sie erst knapp zwei Stunden unterwegs.

Ständig streifte mein Blick den schmalen sandigen Weg, der von unserem Grundstück zum Meer führte und sich in den Dünen verlor. Doch bis auf ein paar Möwen am Horizont, die behäbig ihre Kreise zogen, konnte ich nichts erkennen.

Von meinem Fenster aus beobachtete ich stattdessen Lara dabei, wie sie ihren Morgenkreis tanzte – oder wie man das nannte. Mit Yoga hatte ich in meinem bisherigen Leben keinerlei Berührungspunkte gehabt. Doch was ich da sah, gefiel mir.

Nein, das stimmte nicht ganz. Mir gefiel nicht nur, was Lara da machte. Mir gefiel Lara. Schlicht und ergreifend.

Sie war eine bemerkenswerte humorvolle Frau mit Ecken und Kanten, die ich liebend gerne näher kennenlernen würde. Insgeheim hoffte ich darauf, der Sommer würde ewig andauern und Lara bliebe länger als veranschlagt.

Ich wusste, dass das nicht ging. Und dennoch wünschte ich es mir. So sehr, wie ich mir schon lange nichts mehr gewünscht hatte.

Nach den Schicksalsschlägen in den vergangenen Jahren in meiner Familie war ich davon ausgegangen, dass nur die anderen Glück hatten. Nicht ich. Also warum etwas wünschen und Energie darauf verschwenden, wenn es ohnehin nicht in Erfüllung gehen würde?

Ohne bewusst daran zu denken, schoben sich die Bilder von Lara und mir am Lake Assynt vor mein geistiges Auge. Es war ein unbeschreibliches Gefühl gewesen, ihr so nahe zu sein, sie zu spüren, meine Lippen auf ihrem Körper auf Erkundungstour zu schicken.

Voller Sehnsucht dachte ich an diesen unperfekten Augenblick in dem wackeligen Zelt nach, den es vermutlich nie gegeben hätte, wenn Lara und ich vorher nicht im See gelandet und bis auf die Haut nass gewesen wären.

Glück konnte aus einem Unglück erwachsen. Es gab Hoffnung. Auch wenn ich so meine Schwierigkeiten damit hatte, daran zu glauben.

Leonore war vor einer ganzen Weile wieder ins Haus gekommen. Mit ein Grund, warum ich mich in meinem Zimmer versteckte. Ich wollte ihren traurigen Blick nicht auf mir spüren. Mich nicht der Frage stellen müssen, ob ich mit dem Verkauf nicht einen riesengroßen Fehler beging. Einen von der Sorte, die man nie wiedergutmachen konnte.

Die Gleichgewichtsübung, die Lara in den vergangenen Tagen meist nicht geglückt war, führte sie heute spielend leicht aus. Ganz so, als hätte sich etwas verändert. Sie wirkte befreiter und ruhte viel mehr in sich. Es war schön, sie so glücklich zu sehen.

Mein Blick suchte abermals den Weg zum Clachtoll Beach ab, als ich direkt vor unserem Gartentor fündig wurde. Die Walshes waren zurück. Mein Herz schlug mir augenblicklich bis zum Hals. Adrenalin flutete meine Blutbahnen und spornte meine Füße an, sich endlich in Bewegung zu setzen. Nun galt es, souverän zu wirken und den besten Preis für das Erbe meiner Familie herauszuschlagen.

Aber das war nicht das Einzige, was mir wichtig war. Das Haus mit Leben zu füllen, wäre für meine Mum eines der wichtigsten Aspekte bei einem Verkauf gewesen. Auch wenn sie das B&B sicher nie verkauft hätte. Dafür war sie viel zu sehr damit verbunden gewesen.

Lara hatte in der Zwischenzeit auch bemerkt, dass die Familie vom Strand zurückgekehrt war. Ihr Blick ging zielsicher zu meinem Fenster hinauf. Ich nickte ihr zu und setzte mich dann in Bewegung.

Auf in den Kampf!

Stufe für Stufe ging ich mit immer mulmigerem Gefühl im Bauch hinunter. War es wirklich die richtige Entscheidung von mir, das Cottage zu verkaufen? Aber was wäre denn, wenn ich es nicht täte? Was war mit meinem Job in Aberdeen? Ich war kein Hotelier. Leonore würde das Haus nicht allein führen können.

Kopfschüttelnd stand ich in der Tür, ehe ich die Klinke herunterdrückte und einen Fuß über die Schwelle setzte. Mein Entschluss stand fest.

Lara war bereits zu der Familie gegangen und unterhielt sich ausgelassen mit ihnen. Der kleine Junge hing bereits an ihrem Bein und flehte sie inständig an, noch mal mit ihnen Verstecken zu spielen.

Die Walshes waren eine so harmonische Familie. Sie wirkten glücklich auf mich.

»Wie war der Ausflug an den Strand?«, fragte ich schließlich, um auf mich aufmerksam zu machen.

Die Köpfe der Eltern drehten sich in meine Richtung, während die Kinder nach wie vor nur Augen für Lara hatten.

Wie gut ich sie doch verstehen konnte!

»Danke, wir haben uns sehr wohlgefühlt. Es war ein bisschen, wie nach Hause zu kommen«, sagte Mrs Walsh und legte dabei ihren Arm um ihren Mann und lehnte sich an seiner Schulter an.

Die Geste war liebevoll und zeugte von der innigen Verbundenheit, die die beiden füreinander empfanden.

Sehnsüchtig blickte ich zu Lara, ermahnte mich jedoch, mich auf das Wesentliche zu konzentrieren.

»Das hört sich gut an. Dann steht einem Umzug hierher an den Clachtoll Beach ja nichts im Weg«, mutmaßte ich und entspannte mich innerlich ein wenig.

Die Entscheidung lag nicht länger bei mir.

Mrs Walsh und ihr Mann tauschten Blicke.

»Wir haben uns gegen einen Kauf des B&Bs entschieden«, sagte schließlich Mr Walsh über den Rand seiner schwarz umrandeten Brille hinweg.

Der schätzungsweise Mittvierziger sah mir dabei direkt in die Augen. Seine Stimme war fest und klang überzeugend. Er hatte sich seine Entscheidung offensichtlich gut überlegt.

»Sie wollen das Cottage nicht kaufen?«, fragte Lara an meiner Stelle.

Ich war im ersten Augenblick noch so überrascht von Mr Walshes Worten, dass ich einen Moment brauchte, um mich wieder zu fangen.

»Nein, wir werden das Haus nicht kaufen«, bestätigte nun auch Mrs Walsh.

»Aber warum denn das?«, fragte ich mit einem Anflug von Panik in der Stimme nach.

Darauf war ich nicht vorbereitet gewesen. Die Familie fühlte sich doch wohl hier und hatte mir das mehr als einmal gesagt. Oder ging es um den Preis? Wollten sie auf diese Weise die Summe drücken?

»Liegt es am Preis?«, platzte es bereits aus mir heraus, noch ehe das Ehepaar die Möglichkeit hatte, mir zu antworten.

Mrs Walsh lächelte mich freundlich an. Es schien beinahe so, als würden dabei sogar die vielen Sommersprossen in ihrem Gesicht zu tanzen beginnen.

»Nein, nein«, ereiferte sie sich. »Der Preis ist vollkommen in Ordnung und mehr als fair. Wir wollen auf gar keinen Fall feilschen.«

Nun tauschten Lara und ich irritierte Blicke. Sie stellte sich dabei dicht neben mich. Die beiden größeren Kinder spielten mittlerweile Fangen, während das Baby, das Mr Walsh in der Trage vor seinem Körper hielt, ein Schläfchen machte.

»Aber woran liegt es dann?«, hakte Lara nach, die offenbar spürte, wie sehr mich die Situation verunsicherte.

»An euch beiden«, erklärte Mr Walsh mit einem Lächeln auf den Lippen.

»An uns?«, fragte ich nach.

Mittlerweile verstand ich nur noch Bahnhof.

Lara schien es dabei nicht anders zu ergehen.

»Wir sind wirklich schwer verliebt in das Haus und die Umgebung. Es ist einfach ein unbeschreiblich schöner Flecken Erde. Am liebsten würden wir gleich mit Sack und Pack einziehen. Aber …«

Im spannendsten Moment legte Mrs Walsh eine rhetorische Pause ein.

Wie gebannt hingen Lara und ich an ihren Lippen.

»… als wir gesehen haben, wie sehr ihr beiden an dem Haus hängt, war es für uns unmöglich, das Cottage zu kaufen«, beendete schließlich Mr Walsh ihren Satz.

»Wir?«, fragte ich ungläubig und deutete dabei zwischen Lara und mir hin und her, als müsste es sich bei dieser Einschätzung um ein Missverständnis handeln.

Mrs Walsh lachte.

»Es ist euch vielleicht noch nicht bewusst, aber ihr wollt euch nicht von dem Haus trennen«, erklärte sie.

Ich wollte gerade anheben, um richtigzustellen, dass Lara und ich nicht zusammen waren, als meine innere Stimme das Wort an sich riss.

Wie wäre es, gemeinsam mit Lara das Haus zu führen? Sie ist vom Fach, und du könntest nebenbei deinen IT-Kram von hier aus machen. Dafür musst du nicht nach Aberdeen.

Während die Walshes auf mich einredeten und meine innere Stimme nun auch der Meinung war, ihren Senf dazugeben zu müssen, versuchte ich mich auf das zu konzentrieren, was ich wollte.

Ich horchte tief in mich hinein und ließ die ängstlichen, unsicheren Stimmen zu Wort kommen, die mir von einem Verkauf abrieten. Anstatt sie zu verdrängen, schenkte ich ihnen mein Gehör. Das hätte ich schon viel früher tun sollen.

»Ich weiß nicht, was ich sagen soll«, begann ich zu sprechen.

Lara sah mich erwartungsvoll an.

Auch das Ehepaar hing an meinen Lippen.

»Ich … danke euch«, sagte ich schließlich.

Und das tat ich auch. Aus ganzem Herzen.

Just in diesem Moment schrie das Baby in der Trage auf. Stillstand mochte es offenbar gar nicht. Gleichzeitig fiel das Mädchen beim Fangenspielen auf die Knie und weinte bitterlich auf. Mrs Walsh ging zu ihrer Tochter, um sie zu trösten.

»Wie geht es dir?«, fragte Lara mit einer Mischung aus Besorgnis und Neugierde in der Stimme.

Ich zuckte wahrheitsgetreu mit den Achseln.

»Es ist merkwürdig, mir von anderen Menschen sagen zu lassen, was ich möchte. Aber in diesem Fall … haben die Walshes recht. Ich möchte mich gar nicht von diesem Haus trennen. Es war vielmehr die Angst, die mich dazu verleitet hat, das Inserat aufzugeben. Weißt du, es kostet Mut, an einem Ort zu bleiben, der voller Erinnerungen steckt. Und damit meine ich nicht die guten.«

Während es mir in der Vergangenheit furchtbar schwergefallen war, mit meiner Mum über meine Gefühle zu sprechen, hatte ich bei Lara überhaupt keine Berührungsängste. Es fühlte sich gut an, mich ihr anzuvertrauen und zu wissen, dass sie sich aufrichtig für meine Probleme und Gedanken interessierte.

»Aber … könntest du dir denn vorstellen, hier bei mir zu bleiben und mit mir gemeinsam das Haus zu führen?«, fragte ich sie aus einem Impuls heraus.

Doch während ich das sagte, fühlte es sich nicht wie eine Schnellschusshandlung an. Ganz im Gegenteil. Die Frage war längst überfällig.

»Du möchtest … dass ich bleibe?«, fragte sie ungläubig und starrte mich dabei an, als wäre ich das achte Weltwunder.

»Ja, genau. Wir könnten das B&B zusammen führen«, bekräftigte ich meine Worte.

»Das ist … Ich weiß nicht, was ich sagen soll. Ich denke, ich … brauche ein wenig Bedenkzeit«, erwiderte sie.

Ich nickte.

Auch wenn ich gut verstehen konnte, dass sie erst mal in Ruhe über alles nachdenken musste, war ich ein wenig enttäuscht darüber. Viel lieber wäre es mir gewesen, wenn sie mir freudestrahlend um den Hals gefallen wäre.

Aber was hatte ich erwartet? Ich hatte sie nicht gebeten, bei mir zu bleiben, weil ich sie bei mir haben wollte, ihr nicht meine Liebe gestanden. Nein, ich hatte ihr angeboten, das B&B mit mir zu führen, was wohl eher als Geschäftsbeziehung zu werten war.

Dementsprechend verunsichert sah Lara drein.

Ich wollte mich erklären, doch da tauchten die Walshes schon wieder auf der Bühne auf. Die Tochter war verarztet, und das Baby schien abermals zu schlafen. Wie entspannt und perfekt die Welt doch ist, solange wir noch klein sind. Es gab keine Probleme und Missverständnisse, die dazu führten, dass man Dinge sagte oder tat, die man eigentlich ganz anders meinte.

»Wir machen uns dann wieder auf den Weg«, sagte Mr Walsh, dem ich erklärt hatte, dass der eigentliche B&B-Betrieb im Moment eingestellt war.

Daraus hatte er vermutlich auch geschlussfolgert, dass Lara und ich ein Paar sein mussten, da sie kein Gast sein konnte.

»Nein, ich will nicht gehen«, rief der kleine Junge und verschränkte eingeschnappt seine kleinen Ärmchen vor seinem Körper.«

Seine Mum ging vor ihm in die Knie.

»Henry, wir haben doch erklärt, dass wir uns das Haus heute nur anschauen werden. Im Moment gibt es in der ganzen Gegend leider keine Übernachtungsmöglichkeit. Und zu fünft im Wagen schlafen ist auch keine Option, mein Schatz«, erklärte sie ihm geduldig.

Doch Henry wollte von alledem nichts wissen. Erwachsenenkram war doof. Wie recht er mit seiner Meinung doch hatte.

»Ihr könnt gerne so lange bleiben, wie ihr möchtet«, bot ich an.

Sechs überraschte Augenpaare lagen auf mir. Dabei bohrte sich das von Lara am intensivsten in mich hinein.

Die Eltern tauschten noch verunsicherte Blicke und überlegten, ob sie das Angebot annehmen konnten, während die Kinder bereits in Jubelschreien ausbrachen und Pläne schmiedeten, was sie als Nächstes tun würden.

»Wir haben gar nicht ausreichend Kleider dabei«, warf Mrs Walsh ein.

»Im Haus sind noch etliche Klamotten meiner Familie«, sagte ich ohne diesen typischen Stich im Herzen, den ich immer dann verspürte, wenn ich über meine Eltern und meinen Bruder sprach.

Das erste Mal hatte ich sogar das Gefühl, dass ich mit meinem Erbe etwas Gutes tun und anderen Menschen helfen konnte. Es fühlte sich nicht mehr nach einem schweren Ballast an, mein Erbe anzutreten. Denn nun hatte ich eine Vorstellung davon, was ich daraus machen und wie ich meine Familie zumindest in meiner Erinnerung am Leben erhalten konnte.

»Wenn das so ist«, sagte Mr Walsh, »dann bleiben wir sehr gerne. Oder, Kinder?«

Die beiden großen hüpften vergnügt durch den Garten. Das Baby erwachte abermals aus seinem Schlaf und schrie laut auf. Doch dieses Mal hörte sich dieser eindeutig nach Jubel an, nicht nach Empörung.

Kapitel 19

Lara

»Wieso sitzt du denn hier so allein in der Küche und bläst Trübsal? Draußen scheint die Sonne. Die Familie Walsh will gleich zum Strand aufbrechen. Warum schließt du dich ihnen denn nicht an? Die Kinder können ja gar nicht genug von dir bekommen.«

Leonore kam mit ihrem Weidenkorb unter dem Arm in den Raum. Kaum dass ich sie erblickte, eilte ich zu ihr, um ihr mit den Einkäufen zu helfen. Denn mittlerweile kochte Leonore nicht nur für Cailan und mich, sondern auch für die Walshes. Wenn es irgendwie ging, half ich ihr bei den Vorbereitungen. Oftmals nahmen mich aber auch die Kinder in Beschlag.

»Ich wollte ein bisschen für mich allein sein und nachdenken. Oben in meinem Zimmer fällt mir allerdings schon die Decke auf den Kopf, und eine Lösung für mein Problem finde ich dennoch nicht«, erklärte ich ihr ganz offen.

Leonore sah mich großmütterlich an und strich mir mit dem Handrücken über die Wange.

»Haderst du noch immer mit dir, ob du bleiben oder besser gehen solltest?«, fragte sie mich direkt.

Ich seufzte.

»Einerseits würde ich sehr gerne bleiben. Die Arbeit im B&B macht mir so viel Spaß, und anhand der Werbung, die ich auf Instagram und Facebook gemacht habe, kommen immer mehr Anfragen rein. Es wäre also gar kein Problem, das Haus über den Sommer vollzukriegen, und das, obwohl jetzt schon Anfang Juni ist.«

»Und andererseits?«, hakte Leonore nach.

»Andererseits muss ich erst mal zurück nach Würzburg, um mit meinem Chef zu besprechen, wie wir verfahren wollen. Das kann ich nicht am Telefon machen. Dafür arbeite ich schon viel zu lange im Hotel Rehlein. Und dann …«

Der wesentlichste Punkt in meinen Überlegungen war mir jedoch noch nicht über die Lippen gekommen. Dabei war das der einzige, über den ich mir nachdrücklich Gedanken machte. Alles andere wäre problemlos zu regeln. Irgendwie.

Leonore sah mich erwartungsvoll an, drängte mich allerdings nicht, weiterzusprechen.

»Cailan hat mich gebeten, mich gemeinsam mit ihm um das B&B zu kümmern. Er hat mich allerdings nicht gebeten, bei *ihm* zu bleiben.«

Leonore nickte verstehend. Sie wusste, wie es um Cailan und mich stand. Darüber mussten wir gar nicht groß reden. Manchmal sagten Blicke ohnehin mehr als tausend Worte.

»Ich will ihn nicht in Schutz nehmen«, begann sie.

Und allein bei diesen Worten wusste ich bereits, dass sie es doch tun würde.

»Cailan hat in der Vergangenheit viel durchgemacht. Es ist für ihn nicht einfach, das kannst du mir glauben. Aber die Tatsache, dass er das B&B jetzt doch nicht verkaufen will, liegt einzig und allein daran, dass du da bist. Er hat sich dafür entschieden, das Cottage zu behalten, weil du in sein Leben getreten bist. Ohne dich wäre das Haus längst verkauft. Da bin ich mir ganz sicher.«

Das mochte ja vielleicht sogar stimmen. Aber wer gab mir denn die Gewissheit, dass er das auch noch in einem halben Jahr so sah? Bis dahin konnte er sich längst anders entschieden haben und zurück nach Aberdeen gegangen sein. Er hatte mir gegenüber von einer Geschäftsbeziehung gesprochen. Über die Nacht am See hatte er seither kein Wort mehr verloren.

Und ich war zu stolz dazu, es zu tun. Einmal war ich von ihm bereits abgewiesen worden. Ein zweites Mal wollte ich mich diesem Gefühl auf gar keinen Fall aussetzen. Dafür lernte ich gerade erst, wie es war, ein gewisses Selbstwertgefühl aufzubauen, das vor allem und jedem Bestand hatte. Mir diese Grundlage nun selbst wieder zu entziehen, wäre grob fahrlässig.

»Das mag alles so stimmen, Leonore, aber es ist mir zu wenig. Ich kann mich nicht auf Vermutungen und Hoffnungen stützen. Und … letztlich will ich endlich mal von einem Mann meiner selbst willen geliebt werden. Nicht, weil ich den perfekten Körper habe oder weil ich mich als Hotelfachfrau mit der Tourismusbranche gut auskenne. Es soll hauptsächlich um mich gehen, auch wenn das egoistisch klingt.«

Leonore legte ihre Hand auf meine und lächelte mich dabei aufmunternd an.

»Er wird schon noch merken, was er an dir hat.«

Eine weise Floskel, die manchmal tatsächlich zutreffen konnte. Allerdings gab mir das keinerlei Gewissheit, was die Zukunft anbelangte. Ganz im Gegenteil. Denn wenn er bisher noch nicht bemerkt hatte, was er an mir hatte, wie sollte sich dieses Gefühl dann in Zukunft einstellen, wenn ich zurück in Deutschland war?

Aus den Augen, aus dem Sinn, sagte schon eine bekannte Redewendung.

Aber sollte ich dennoch bleiben und riskieren, dass mein Herz ein weiteres Mal gebrochen wurde?

Mit einem »Ich glaube, dein Telefon klingelt« riss mich Leonore aus meinen Gedanken. Meine Mutter rief an.

Ich signalisierte Leonore, dass ich hinausgehen würde, um mit ihr zu sprechen.

»Hallo, Mama. Wie geht es dir?«, fragte ich.

»Mir geht es gut. Du weißt doch: Unkraut vergeht nicht. Aber sag mir lieber, wie es dir geht? Bleibst du noch länger in Schottland oder kommst du bald zurück?«

Im ersten Moment wusste ich gar nicht, was ich sagen sollte, zu neu war die Erfahrung nach wie vor für mich, dass meine Mutter mich nun immer auch nach meinem Befinden fragte.

Seit unserer Aussprache vor einigen Tagen waren wir uns viel näher als je zuvor. Ich erzählte meiner Mutter bereitwilliger, was in meinem Leben passierte, und ich hatte endlich auch das Gefühl, dass sie mir zuhörte.

Manchmal war es richtig und wichtig, Missstände offen anzusprechen. Nur dann konnte sich eine Veränderung einstellen. Aber es gehörte auch Mut dazu, offen und ehrlich miteinander zu sein. Denn während man selbst vielleicht erleichtert darüber war, endlich ausgesprochen zu haben, was einem auf der Seele brannte, konnte der Gegenüber enttäuscht auf eine solche Äußerung reagieren und das Angebot, sich auf Augenhöhe zu begegnen, zurückweisen.

Während ich mich in der Beziehung mit meiner Mutter irgendwann dazu entschieden hatte, mit ihr zu sprechen, war die Vorstellung, mit Cailan dasselbe zu tun, schier unmöglich für mich.

»Danke, bei mir ist alles gut. Übermorgen geht mein Flug«, berichtete ich und verspürte dabei augenblicklich die Dringlichkeit, mir endlich darüber klar zu werden, was ich tun wollte.

Schon in zwei Tagen würde mein Flug von Inverness über London zurück nach Frankfurt und von dort dann weiter nach Würzburg führen. Verrückt, wie schnell zwei Wochen Urlaub vorbeigehen konnten. Wie im Flug waren sie an mir vorbeigerauscht. Und nun würde ich Clachtoll Beach vielleicht für immer den Rücken kehren. Ein beklemmendes Gefühl machte sich in mir breit, wenn ich darüber nachdachte.

»Das freut mich, mein Schatz. Ich hole dich gerne am Flughafen in Frankfurt ab, wenn du mir deine Ankunftszeit durchschickst.«

»D-das ist s-sehr lieb v-von dir«, stammelte ich.

Es würde wohl noch ein wenig dauern, bis ich mich daran gewöhnt hatte, dass meine Mutter eine Hundertachtzig-Grad-Drehung hingelegt hatte. Aber da die Verwandlung durchweg positiv war, hatte ich keine Bedenken, was das anbelangte.

»Aber gerne doch, mein Schatz. Ich habe ohnehin keine Pläne für den Tag.«

Schon hatte ich wieder die Sorge, meine Mutter könnte vereinsamen.

»Tut mir übrigens leid, dass der Kurs mit Marvin nicht mehr stattfindet.«

»Ach, wir haben uns anders beholfen. Anstatt ins Fitnessstudio gehen wir jetzt in den Park. Du wirst es nicht glauben, aber ich habe mit Yoga angefangen. Hätte nie gedacht, dass mir das eine solche Freude bereiten würde. Aber ich fühle mich dadurch so erfrischt und beseelt. Außerdem entspannen sich mit den Übungen nicht nur meine Muskeln, sondern es kommt mir so vor, als ob ich auch besseren Zugang zu meiner inneren Stimme bekomme«, schwärmte sie.

»Das sind ja mal tolle Nachrichten. Wenn es meine Schichten im Hotel zulassen, würde ich auch gerne mal zu diesem Kurs dazustoßen. Also natürlich nur, wenn es für euch in Ordnung ist«, ruderte ich zurück.

Das Letzte, was ich wollte, war, mich meiner Mutter aufzudrängen.

»Das müssen wir unbedingt machen, mein Schatz. Und bevor ich dich gleich wieder deinen Urlaub genießen lasse, muss ich dir noch etwas sagen.«

Meine Mutter klang geheimnisvoll.

»Schieß los!«, forderte ich sie auf.

»Dein Vater hat mich angerufen.«

Mit einem verwunderten »Oh« wartete ich darauf, was sie mir über das Gespräch zu sagen hatte. Schließlich herrschte zwischen den beiden seit einer Ewigkeit Funkstille. Das letzte Mal, als sie miteinander sprachen, ging es um meine Konfirmation.

»Was hat er denn gesagt?«, hakte ich schließlich nach, als mir Mamas Antwort zu lange dauerte.

»Er hat wohl versucht, dich zu erreichen, und sich Sorgen gemacht, als er dich zu Hause nicht vorfand.«

Typisch mein Vater. Wir befanden uns mittlerweile im einundzwanzigsten Jahrhundert. Aber von Handys hielt er einfach nichts. Vielleicht nahm er ja deshalb nie ab, wenn ich ihn anrief.

»Ich glaube, Papa hat mich in den vergangenen Jahren ein einziges Mal angerufen. Und das nicht, um mir zum Geburtstag oder zu Weihnachten zu gratulieren, sondern um mir zu sagen, dass Oma Berta ins Krankenhaus musste.«

Meiner Mutter gegenüber hatte ich bisher nie darüber gesprochen, wie selten der Kontakt zu meinem Vater war. Schließlich war allein sein Name schon ein rotes Tuch für sie, und bis vor wenigen Tagen war unsere Beziehung auch nicht unbedingt die beste gewesen.

»Das wusste ich ja gar nicht«, erwiderte sie betrübt.

»Hat er sonst noch etwas gesagt?«

Ich wollte an dieser Stelle unter keinen Umständen mit meiner Mutter darüber sprechen, was für ein Rabenvater mein Erzeuger war. Für derartige nervenaufreibende Gespräche fehlte mir im Moment schlichtweg die Kraft.

»Ich habe ihm geraten, es bei dir auf dem Handy zu versuchen«, sagte sie ohne jedwede Regung in der Stimme.

Ob sie wohl ihren Groll gegen meinen Vater nach all den Jahren endlich aufgegeben hatte? Wünschenswert wäre es für die beiden. Schließlich lagen die Begebenheiten, die zu ihrer Trennung geführt hatten, bereits eine halbe Ewigkeit zurück. Daran ließ sich nichts mehr ändern.

Mit dem Frust, den sie seit Jahren schob, machte sie sich letztlich nur selbst das Leben zur Hölle. Meinem Vater waren ihre Gefühle da ziemlich schnuppe. Letztlich kam er ja nicht mehr in den Genuss, sich ihnen tagtäglich stellen zu müssen.

»Das ist lieb von dir. Danke.«

»Wir hören uns, mein Schatz. Und vergiss nicht, mir deine Ankunftszeit zu schicken. Ich liebe dich. Bis bald.«

»Ich dich auch. Tschüss, Mama.«

Mit einem Lächeln blickte ich auf das Display meines Handys und freute mich wahnsinnig darüber, dass sich das Verhältnis zu meiner Mutter derart verbessert hatte. Auf dieser Grundlage konnten wir aufbauen und weiter an uns beiden arbeiten.

Und auch mein Vater schien nun von ganz allein bei mir anzurufen, als ich für mich entschieden hatte, ihm nicht mehr hinterherzulaufen. Offensichtlich war auch dies die richtige Entscheidung gewesen.

Vielleicht sollte ich dann etwas mehr Mut an den Tag legen und weitere, hoffentlich gute, Entscheidungen treffen. Mindestens eine stand noch an. Doch diese würde mein komplettes bisheriges Leben verändern. Und ich hatte keine Garantie, dass es auch funktionieren würde.

Dabei ging es nicht nur um meine berufliche Zukunft, sondern auch um mein Privatleben.

Eine seltsame Stille umfing das Cottage, als ich hineinging. Wenn die Walshes da waren, dann tobte hier – durchweg positiv gemeint – das Leben. Dabei waren sie erst seit drei Tagen bei uns. Und dennoch konnte ich mir gar nicht mehr vorstellen, wie es vor ihrer Ankunft gewesen war.

Im Flur war eine männliche Stimme zu hören. Cailan schien mit jemandem zu sprechen. Da ich nicht mitbekommen hatte, dass Besuch gekommen war, vermutete ich, dass er telefonierte.

Es war nicht meine Absicht gewesen zu lauschen. Ehrlich nicht. Aber als ich in Richtung der Küche zurückging, um Leonore mit den Vorbereitungen für das Abendessen zu helfen, vernahm ich ganz deutliche Gesprächsfetzen.

»… Phoebe, nur noch ein paar Tage. Bitte! Es gibt noch einiges zu klären, bevor ich zurück nach Aberdeen kommen kann. Meinen Wagen krieg ich auch erst heute Nachmittag. Ich weiß! Ja. Du kannst dir sicher sein, dass ich mich meiner Verantwortung nicht entziehen werde.«

Phoebe? Aberdeen? Verantwortung?

Mit jedem weiteren Wort setzte mein Herz einen Schlag aus. Wer war Phoebe? Was war mit Aberdeen? Meinte Cailan nicht, er wollte hier das B&B führen? Oder hatte er mich am Ende nur gebeten zu bleiben, damit ich das stellvertretend für ihn tun konnte? Schließlich war ich ja vom Fach. Ganz im Gegensatz zu ihm. Und von welcher Verantwortung hatte er gesprochen? Verantwortung für ... ein Kind?

Noch ehe ich mich vom Fleck bewegen konnte, öffnete Cailan die nur angelehnte Tür. Das Knirschen des Holzes hätte mich aus meiner Schockstarre lösen müssen. Aber dem war nicht so. Entsetzt blickte ich ihn an. Der Versuch, meine Gefühle nicht offen zur Schau zu stellen, war mir missglückt. Aufgrund der Brisanz an unfreiwillig mitangehörten Informationen war es mir unmöglich, einfach so darüber hinwegzusehen.

Ich wollte schreien, weinen, lachen und wütend mit dem Fuß aufstampfen – und das alles zur selben Zeit.

Noch nie in meinem Leben hatte ich mich derart hintergangen gefühlt. Marvin war vielleicht ein Idiot. Aber ein Idiot, der immer offen sagte, was er meinte. Etwas, was ich ihm auch nach unserer gescheiterten Beziehung zugutehalten musste. Auch wenn das, was er sagte, nicht immer nett oder gar richtig gewesen war. Aber das war eine andere Geschichte.

»Lara?«

Cailan sah mich an, als hätte er einen Geist gesehen. Prima. Dann waren wir ja schon zu zweit. Wobei ich meinen eher gehört hatte.

Er brauchte mich gar nicht zu fragen, ob ich mitbekommen hatte, was er mit seiner Phoebe besprochen hatte. Das

Wissen darüber konnte er problemlos von meinem Gesichtsausdruck ablesen. Noch immer war ich fassungslos.

»Das ist nicht, wie du denkst«, behauptete Cailan mit der wohl klischeebehaftetsten Floskel, die ich kannte.

»Ich muss jetzt Leonore in der Küche helfen«, beeilte ich mich zu sagen und trat die Flucht zurück an.

Die Enge des Flurs und die Nähe zu Cailan raubten mir die Luft zum Atmen. Ich musste schnell hier weg, bevor ich in mir zusammenbrach. Nach oben in mein Zimmer konnte ich nicht gehen, da Cailan direkt vor der Treppe stand. Also entschied ich mich, Zuflucht bei Leonore in der Küche zu suchen.

»Wie geht es deiner Mutter?«, empfing mich Leonore zurück in der Küche.

Ich lehnte mich mit meinem Gewicht gegen die Tür und hoffte inständig, dass Cailan mich in Ruhe lassen und mir nicht folgen würde. Mein Herz hämmerte mit voller Wucht gegen meinen Brustkorb, als wollte es jeden Moment zwischen meinen Rippen herausspringen. Das Atmen fiel mir nach wie vor sehr schwer. Sosehr ich mich auch bemühte, ich konnte mich einfach nicht beruhigen. Viel zu einschneidend waren die Eindrücke der letzten Minuten gewesen.

»Lara?«, fragte Leonore nun besorgt nach. »Was ist denn mit dir, mein Kind? Du bist ja kreidebleich im Gesicht. Ist etwas mit deiner Mutter? Ist sie verletzt? Hatte sie einen Unfall?«

Leonores Sorge weckte mich aus meiner abermaligen Schockstarre.

»N-nein, es g-geht ihr g-gut«, stotterte ich, noch immer aufgewühlt.

Während sie mit einem »Was ist denn dann passiert?« weiter herauszufinden versuchte, was geschehen war, führte sie mich hinüber zum Esstisch und setzte mich auf einen der Eichenstühle.

»Der Kreislauf«, behauptete ich wortkarg und wünschte mir nun, ich hätte es doch gewagt und wäre an Cailan vorbei hinauf in mein Zimmer gestürmt.

Nun belastete ich mit meinem Verhalten und meinem Gemütszustand nicht nur mich selbst, sondern auch die arme Leonore. Die konnte schließlich am allerwenigsten für Cailans Verhalten.

»Dann koche ich dir mal schnell einen schwarzen Tee. Der belebt Körper und Geist. Du wirst sehen, gleich wird es dir besser gehen.«

Wie ich den Tee hinunterbekam, war mir noch immer ein Rätsel. Erst als ich schließlich in mein Zimmer ging und packte, löste ich mich aus einer Art Trance. Das Einzige, was nun noch für mich zählte, war, so schnell wie möglich von hier zu verschwinden.

Kapitel 20

Cailan

Weder im Haus noch im Garten oder am Strand konnte ich Lara an diesem Morgen finden. Dabei musste ich dringend mit ihr sprechen und das Missverständnis, das zwischen uns stand, aus der Welt schaffen. Auch in ihrem Zimmer war sie nicht. Sogar das Bett war schon gemacht.

»Leonore, hast du Lara gesehen?«, fragte ich mit zunehmender Beunruhigung und ganz außer Atem.

Leonore sah mich aus leicht zusammengekniffenen Augen an.

»Aber Lara hat heute Morgen doch den ersten Bus nach Inverness genommen. Sie fliegt zurück nach Deutschland. Hat sie sich denn gar nicht von dir verabschiedet?«

Bei Leonores Worten wurde mir abwechselnd heiß und kalt. Meine Beine wurden schwer, und die Knie fühlten sich wie Wackelpudding an. Schon im nächsten Moment sank ich resigniert auf die Eichenbank.

Lara war gegangen, ohne mir Lebewohl zu sagen. Dann hatte ich also doch recht mit meiner Vermutung, sie könnte das Gespräch mit Phoebe und mir in den falschen Hals bekommen haben.

Als sie gestern Nachmittag regelrecht vor mir zurückgewichen war, wollte ich ihr erst mal Zeit geben, um sich zu beruhigen. Heute Morgen hatte ich mir vorgenommen, das Gespräch mit ihr zu suchen. Und nun war es zu spät. Lara war gegangen, und ich würde nun mit den Konsequenzen leben müssen.

So, wie ich mit der Tatsache leben musste, meine Mutter im entscheidenden Augenblick alleingelassen zu haben. Anstatt nach Aberdeen zu gehen, hätte ich bleiben und sie unterstützen sollen.

»Was ist denn passiert?«, fragte Leonore besorgt nach und setzte sich neben mich auf die Bank.

»Lara hat gestern ein Gespräch mit angehört, in dem ich mit meiner Chefin gesprochen habe. Sie muss da einiges falsch verstanden haben. Das würde zumindest erklären, warum sie ihre Sachen gepackt hat und verschwunden ist, ohne sich von mir zu verabschieden«, fasste ich die Begebenheiten ziemlich präzise zusammen.

»Was könnte sie denn, deiner Meinung nach, falsch verstanden haben?«, hakte Leonore nach.

Ich seufzte.

»Phoebe hat mich angerufen und mir die Pistole auf die Brust gesetzt. Sie meinte, sie hätte mir nun genug Zeit gegeben, um meine privaten Angelegenheiten zu klären, und dass ich langsam zurück nach Aberdeen kommen müsste. Ein wichtiger Auftrag ist noch abzuwickeln, für den ich federführend tätig war. Ich sprach davon, dass ich bald kommen würde und mir meiner Verantwortung bewusst wäre. Im Grunde nichts Außergewöhnliches. Aber wenn man das Gespräch ohne Vorwissen mit anhört, dann …«

»… könnte man falsche Schlüsse ziehen«, schlussfolgerte Leonore vollkommen richtig.

Ich nickte.

»Und jetzt ist sie weg«, erwiderte ich resigniert.

»Willst du ihr denn nicht nachgehen?«, fragte sie mit leicht zur Seite geneigtem Kopf.

Ich schüttelte denselben.

»Lara hat eine Entscheidung getroffen.«

»Ja, aber doch aus den falschen Gründen«, gab Leonore zu bedenken.

Ich wusste, dass sie recht hatte. Aber ich wusste auch, dass Lara nicht nur wegen des Gesprächs, das sie belauscht hatte, gegangen war. Das war vielleicht der Tropfen gewesen, der das Fass zum Überlaufen gebracht hatte.

Grundsätzlich ging es aber darum, dass ich mich am Morgen nach unserer gemeinsamen Nacht am Lake Assynt von ihr distanziert hatte. Auch wenn ich sie gebeten hatte zu bleiben, um mit mir gemeinsam das B&B zu führen, hatte ich ihr nie gesagt, dass es mir dabei besonders darum ging, sie immer um mich zu haben.

Vielleicht war ich einfach noch nicht so weit, so viel Nähe zuzulassen. Wer liebte, konnte verlieren. So, wie das nun der Fall mit Lara war. Ich hatte mein Herz Stück für Stück für sie geöffnet, doch nun war sie dennoch oder gerade deswegen gegangen. Wer wusste das schon so genau?

Gut möglich, dass unsere gemeinsame Nacht nicht mehr als ein One-Night-Stand für sie war. Auch wenn ich zu spüren glaubte, dass Lara sich in der Folge mehr zu mir hingezogen gefühlt hatte, konnte ich doch nicht mit Sicherheit behaupten, es zu wissen.

»Ich mache gleich einen Ausflug mit den Walshes zum Lake Assynt. Wir wollen eine Runde angeln«, beschloss ich, ohne vorher mit der Familie ihre Pläne für den Tag besprochen zu haben.

Leonore sah mich mit großen Augen an, ehe sie sich ans Herz fasste und schwer in sich zusammenfiel. Ich sprang auf und umschloss ihren Arm mit meinen Händen.

»Leonore? Was ist mit dir? Sag doch etwas! Leonore?«

»Ruf Lara an! Ich will sie noch mal sehen«, sagte sie mit krächzend leiser Stimme.

Sie klang so schwach dabei, dass mir ein Schauder über den Rücken ging.

Leonore durfte nicht sterben. Sie war die Einzige, die mir noch geblieben war.

»Ja. Das mache ich sofort. Aber zuerst bringen wir dich zum Wagen und ins Krankenhaus«, erwiderte ich panisch.

Die Fahrt würde fast eine halbe Stunde dauern. Mein Herz wollte mir bei diesem Gedanken beinahe den Dienst versagen. Aber ich musste stark bleiben. Für Leonore.

»Nein, jetzt«, bettelte sie.

»Was ist denn passiert?«, meldete sich Simon – Mr Walsh – in meinem Rücken zu Wort.

»Leonore hatte einen Herzinfarkt oder so etwas«, rief ich aufgeregt und zückte bereits das Handy, um Leonores Wunsch in die Tat umzusetzen und im Anschluss daran das Western Isles Hospital darüber zu informieren, dass wir auf dem Weg wären.

Auch nach mehrmaligem Tuten in der Leitung nahm Lara das Gespräch nicht an. Ich blickte auf meine Armbanduhr, um festzustellen, ob sie bereits im Flieger saß. Der Bus nach Inverness war erst vor wenigen Minuten dort angekommen. Ich kannte die Daten noch von früher. Wie gut, dass sich hier in den ländlichen Regionen meist nichts oder nur sehr wenig veränderte. Beständigkeit war manchmal gar nicht so schlecht. Auch wenn ich in meiner Jugend vehement dagegen rebelliert hatte.

»Hallo, dies ist der Anschluss von Lara Weigel. Ich bin im Moment nicht zu erreichen. Sprecht mir doch gerne eine Nachricht nach dem Piep auf, und ich melde mich dann zeitnah bei euch. Liebe Grüße.«

Während am Handy Laras Mailbox ansprang und ich in kurzen präzisen Worten zusammenzufassen versuchte, was vorgefallen war, half Simon Leonore auf die Füße und führte sie langsam nach draußen zum Wagen.

Ich klingelte derweil beim Krankenhaus durch und kündigte Leonore als Patientin an. Sie beruhigten mich und bestätigten mir, dass sie alles für unser Eintreffen vorbereiten würden. Wenigstens war dieser Punkt reibungslos verlaufen.

Nach Beendigung des Gesprächs wollte ich mein Handy schon wieder zurück in die Hosentasche packen, als es zu klingeln begann. Ich vermutete, das Krankenhaus hatte noch Nachfragen. Doch als ich auf das Display sah, stand dort Laras Name geschrieben.

»Lara?«

»Was ist mit Leonore? Wo bringst du sie hin?«, schrie sie ganz außer Atem.

Sie war dabei so laut, dass ich den Hörer ein wenig vom Ohr wegnehmen musste.

»Wir fahren jetzt ins Western Isles Hospital. Ich habe dort schon Bescheid gegeben, dass wir gleich losfahren. Kannst du auch kommen? Leonore will dich unbedingt sehen«, flehte ich sie regelrecht an.

Vergessen war das Zerwürfnis, das vor diesem Telefonat noch zwischen uns gestanden hatte. Die Bedenken und Sorgen, die ich zuvor bezüglich einer Beziehung mit ihr hatte, warf ich in hohem Bogen über Bord. Mitten in diesem aufwühlenden Tumult stand es mir glasklar vor Augen: Alles, was ich wollte, war Lara an meiner Seite. Und das nicht nur für Leonore, sondern auch für mich. Ich brauchte sie.

Mehr denn je. Und ich würde sie nie wieder so einfach gehen lassen. Nicht, ohne ihr gesagt zu haben, wie wichtig sie mir war und wie sehr ich hoffte, sie würde bei mir bleiben. Nicht um das B&B zu führen, sondern nur meinetwegen.

»Ich laufe gerade zu den Mietwagenständen am Flughafen und besorge mir dort ein Auto. Ich komme dann direkt zu euch. Kümmere dich bitte um Leonore. Sie darf nicht …«

Dann brach ihr die Stimme.

»Es wird alles gut«, behauptete ich, ohne zu wissen, ob Leonore überhaupt die Fahrt überleben würde. Aber ich wollte es glauben. Also wiederholte ich meine Worte wie ein Mantra und legte all die Hoffnung, die ich hatte, hinein. »Es wird alles gut.«

Kapitel 21

Lara

Für die vom Navi berechnete Route hätte ich rund zwei Stunden bis zu Leonore ins Krankenhaus benötigt.

Doch bereits nach eineinhalb Stunden stand ich an der Anmeldung des Western Isles Hospitals und erklärte der Dame hinter dem Tresen mit vielen aufgebrachten Worten, dass ich jetzt und sofort zu Leonore musste.

»Sind Sie denn eine Verwandte?«, fragte sie mit unterkühlter Stimme, während ich ungeduldig auf der Stelle herumtrippelte und befürchtete, der mit unerlaubtem Tempo eingefahrene Vorsprung würde mir mit jeder Sekunde, die ich hier an der Anmeldung verbrachte, wieder flöten gehen.

»Nein, ich bin … eine Freundin. Leonore hat mir ausrichten lassen, dass sie mich unbedingt sehen will. Hören Sie, es könnte der letzte Wille einer sterbenden Frau sein«, sagte ich und erhoffte mir dabei, ihr Mitleid zu erwecken.

»Wenn Sie keine Verwandte sind, kann ich Sie nicht vorlassen. Vorschrift ist Vorschrift.«

Vorschriften sind scheiße, dachte ich mir, sagte es jedoch nicht laut.

Schließlich wollte ich die gute Mrs Blykewater nicht gegen mich aufbringen. Die Entscheidung, ob ich in der nächsten

Zeit zu Leonore kam, lag letztlich in ihrer Hand. Und ich wollte dringend zu ihr.

Cailans Nummer hatte ich bereits mehrfach gewählt. Doch anscheinend hatte er das Telefon lautlos gestellt, um voll und ganz für Leonore da zu sein. Ihm konnte ich keinen Vorwurf machen.

»Ich kann Ihnen meinen Personalausweis dalassen, wenn Sie wollen. Ich verspreche auch, dass ich gleich wiederkomme. Ich will doch nur …«, redete ich gegen die finstere Miene von Mrs Blykewater an.

Ohne Erfolg.

»Lara? Was machst du denn hier?«, hörte ich Simon nach mir rufen.

»O Gott sei Dank«, rief ich so laut aus, dass ich schon befürchtete, Mrs Blykewater könnte mich wegen Ruhestörung von den Securityleuten vor die Tür setzen lassen.

»Komm mit! Ich bringe dich zu Leonore«, erklärte er, ohne die Frau an der Anmeldung auch nur eines Blickes zu würdigen.

»Also, so einfach geht das nicht«, beklagte sich diese sogleich wie aufs Stichwort.

Simon bedeutete mir, kurz hier zu warten. Ich tat ihm den Gefallen aus Ermangelung an Alternativen gerne. Auch wenn die Zeit, die ich auf der Straße rausgeholt hatte, um schnellstmöglich bei Leonore sein zu können, längst aufgebraucht war.

Da ich mich nicht weiter mit Mrs Blykewater unterhalten wollte, lief ich den Flur vor ihrem Tresen auf und ab und wartete darauf, dass mich endlich jemand zu Leonore brachte. In dieser Zeit malte ich mir die schrecklichsten Horrorszenarien aus und schalt mich innerlich dafür, Mr Walsh nicht mal nach Leonores Befinden befragt zu haben. Aber da ging ich ja davon aus, dass ich ohnehin gleich bei ihr sein würde.

Was dauerte denn da so lange?

»Lara, mein Schatz, da bist du ja«, vermeldete Cailan mit strahlendem Lächeln.

Was war denn jetzt los? Ich musste auf einem der Besucherstühle eingeschlafen sein. Anders konnte ich mir das, was ich gerade erlebte, nicht erklären.

Wieso nannte mich Cailan seinen Schatz? Und wieso freute er sich dermaßen, mich zu sehen?

Doch noch ehe ich ihn danach fragen konnte, wandte er sich an Mrs Blykewater.

»Lara ist meine Verlobte und gehört damit zur Familie«, behauptete er, ohne die Miene zu verziehen.

Dabei war er selbst ja nicht mal mit Leonore verwandt. Wie hatte er es nur angestellt, an diesem Hausdrachen vorbeizukommen?

Die Antwort folgte auf dem Fuße. Denn offenbar hatte Mrs Blykewater eine Schwäche für Cailan. Diese ging sogar so weit, dass sie ihm verzieh, verlobt zu sein. Das musste schon was heißen.

»Das wusste ich gar nicht. Wenn deine Verlobte mir das gesagt hätte, hätte ich sie natürlich gleich nach oben geschickt. Aber du kennst ja die Vorschriften«, rechtfertigte sie sich und klang dabei zuckersüß.

Ganz so, als könnte sie kein Wässerchen trüben.

»Dir ist überhaupt kein Vorwurf zu machen, Clara«, säuselte Cailan.

Offenbar kannten sich die beiden näher. Was mich wieder an eine besagte Phoebe erinnerte, mit der Cailan sich eine Verantwortung teilte. Aber das war jetzt nicht weiter wichtig. Alles, was zählte, war, dass ich endlich zu Leonore durchgelassen wurde. Danach konnte Cailan von mir aus auch flirten, mit wem er wollte. Das war mir vollkommen egal.

Bist du dir da ganz sicher?, fragte meine innere Stimme und bohrte dabei mit dem Finger in der offenen Wunde.

Doch jetzt ging es nicht um mich. Leonore war wichtig. Nicht mein desaströses – oder besser nicht-existentes – Liebesleben.

Mit einem »Könnten wir dann zu Leonore?« machte ich abermals auf mich aufmerksam.

Mrs Blykewater lächelte Cailan zur Bestätigung an. Mich bedachte sie lediglich mit einem tiefen Seufzer und einem

Blick, der alles darüber aussagte, was sie von mir hielt – nämlich nichts.

»Lara, ich bin so froh …«, setzte Cailan bereits an, als wir losliefen.

Doch noch ehe er weitersprechen konnte, signalisierte ich ihm mit der Handfläche meiner rechten Hand: »Bis hierhin und nicht weiter!« Deutlicher konnte ich ihm kein Stoppzeichen geben, ohne dabei anhalten und weitere kostbare Zeit verschwenden zu müssen.

»Wo ist ihr Zimmer?«, wechselte ich unvermittelt das Thema.

Hier ging es schließlich nicht um Cailan. Für ihn wäre ich nicht zurückgefahren, nachdem ich meinen Flug storniert hatte.

»Die dritte Tür auf der rechten Seite«, erklärte er mir und versuchte mit mir Schritt zu halten.

Ähnlich wie auf der Autobahn vorhin befand ich mich auch auf dem Flur des Krankenhauses auf der Überholspur.

Als ich vor besagtem Zimmer ankam, öffnete sich gerade die Tür, und eine Frau mit weißem Kittel und Stethoskop um den Nacken lächelte mir freundlich zu.

Ich wollte sie schon nach Leonores Gesundheitszustand befragen, als diese mich erblickte und nach mir rief.

»Lara! Lara. Wie schön, dass du da bist. Ich bin so froh, dass ich dich noch mal sehe«, rief sie und klang dabei eigentlich ganz munter.

Aber der erste Eindruck konnte trügen. Bevor ich voreilige Schlüsse zog, wollte ich erst mal hören, was sie mir zu sagen hatte, und den Befund der Ärztin abwarten. Die wartete bestimmt noch auf … die Blutauswertung oder was auch immer.

»Mensch, Leonore, was machst du denn für Sachen?«, rief ich und eilte zu ihr, um mich zu ihr auf die Bettkante zu setzen und mir aus nächster Nähe ein Bild davon zu machen, wie es wirklich um sie stand.

Mit wegwerfender Handbewegung lag sie vor mir.

»Es geht mir schon viel besser, wenn ich dich sehe«, sagte sie und drückte dabei auf einen Knopf auf einem Schalter, der neben ihrem Bett hing, um das Rückenteil ihrer Liege aufrechter zu stellen.

Lächelnd saß sie mir wenig später gegenüber und strich mir dabei über die Wange. Es mutete fast so an, als wenn ich diejenige von uns beiden wäre, die wegen des Verdachts auf einen Herzinfarkt eingewiesen werden musste.

Cailan stand hinter uns an der Tür und machte nicht weiter auf sich aufmerksam, wofür ich ihm sehr dankbar war. Als er das Zimmer verlassen wollte, meinte Leonore jedoch: »Komm doch zu uns, Cailan. Ich hätte euch gern beide bei mir. Wer weiß, wie lange ich das noch genießen kann.«

Bei ihren Worten wurde mir ganz anders. Die Endlichkeit eines Lebens war nichts, was ich mir allzu gerne vor Augen führte. Dabei schieden viele Menschen aus dem Leben anderer bereits lange Zeit vor deren Tod aus. Wie es bei meinen Eltern der Fall gewesen war, die sich auseinandergelebt und nun schon seit zwanzig Jahren nicht mehr gesehen hatten.

Um Leonore den Gefallen zu tun, schluckte ich meinen Ärger über Cailan herunter und versuchte nicht daran zu denken, wie er erst vor wenigen Minuten direkt vor meinen Augen mit der Frau an der Anmeldung geflirtet hatte.

Ob Phoebe das wohl wusste? Und was war mit unserer gemeinsamen Nacht am See?

Ohne es zu wollen, streifte mein Blick den seinen, als er sich auf die andere Bettkante setzte.

Leonore sah zufrieden drein. Wenigstens eine, die sich darüber freute.

»So, und nun vertragt euch mal wieder und redet in Ruhe über alles, ihr beiden. Ihr seht doch, wie schnell das alles vorbei sein kann«, sagte sie und legte dabei eine Hand auf meine und die andere auf Cailans.

Verwundert sah ich sie an. Hier ging es doch nicht um Cailan und mich. Ich war gekommen, weil es Leonore nicht gut ging.

»Ich wüsste nicht, was es zwischen uns noch zu bereden gibt«, erwiderte ich patzig in Cailans Richtung.

»Phoebe ist meine Chefin, Lara. Sie hat mich angerufen, um mich daran zu erinnern, dass ich zurückkommen und ein ausstehendes Projekt fertigstellen muss. Mehr ist nicht zwischen uns. Also zumindest nicht mehr. Wir haben bei der Weihnachtsfeier ein bisschen zu viel getrunken und dabei …«

Abrupt hob ich meine Handfläche wieder wie ein Stoppschild in seine Richtung und signalisierte ihm auf diese Weise, dass ich keinen Wert auf Details legte.

»Was du mit Phoebe hast oder nicht, ist ganz allein deine Sache«, sagte ich und vermied es dabei, ihn anzusehen.

»Aber da ist nichts zwischen uns«, wehrte sich Cailan.

»Das mag ja sein.«

So langsam fiel es mir immer schwerer, ruhig zu bleiben. Was Cailan mit wem hatte, war seine Entscheidung. Und im Grunde ging es ja gar nicht darum, dass er flirtete oder in der Vergangenheit mit anderen Frauen geschlafen hatte.

Es ging einzig und allein darum, dass er sich von mir abgewandt und mir das Gefühl gegeben hatte, es läge ihm nichts an mir.

»Wir können Phoebe gerne anrufen, wenn du mir nicht glaubst«, blieb er beharrlich und kapierte rein gar nichts.

»Es geht nicht um Phoebe oder Mrs Blykewater«, blaffte ich ihn an.

»Was hat denn jetzt meine ehemalige Schulfreundin damit zu tun?«, erwiderte er mit tausend Fragezeichen im Gesicht.

»Junge, Lara will dir sagen, dass es um euch beide geht«, mischte sich Leonore ein.

Sie schien sich offenbar schnell zu erholen.

Cailan öffnete den Mund, blickte zwischen Leonore und mir hin und her und schloss ihn dann wieder, ehe er ihn von Neuem öffnete.

»Ich habe mich dir gegenüber nach der Nacht am Lake Assynt komplett falsch verhalten.« Cailan sah betrübt und reumütig drein. »Anstatt mich von dir abzuwenden, hätte ich dich ganz fest in meine Arme nehmen und dich nie wieder loslassen sollen«, offenbarte er mir seine Einsicht. »Aber ich … konnte einfach nicht.«

Als er endete, wartete ich sehnsüchtig darauf, dass er sich noch weiter erklären würde. Warum konnte er nicht? Warum war es ihm nicht möglich gewesen, die Nähe zu mir zuzulassen? Was war falsch daran? War ich es? War ich zu dick, zu klein, zu laut, zu leise oder gar zu wacklig auf den Beinen gewesen? Was war es?

»Ich habe ein Problem damit, Nähe zuzulassen«, gab er plötzlich aus freien Stücken zu. »Die Vorstellung, eine geliebte Person könnte abermals aus meinem Leben gerissen werden, ist für mich kaum zu ertragen. Das ist auch der Grund, warum ich nie eine feste Beziehung eingegangen bin. Der Tod meiner Familienmitglieder hat mich nachhaltig geprägt. Doch … Seit dem Abend, als du vor der Tür gestanden und alles darangesetzt hast, im Cottage ein Bett für die Nacht zu bekommen, hat sich etwas in mir verändert. Du hast mich verändert. Und ich kann und will mir nicht mehr mein Glück von irgendwelchen Ängsten nehmen lassen.«

Voller Rührung sah ich ihn an. Zeitgleich kullerte mir lautlos eine Träne über die Wange. Mein Herz machte einen Luftsprung, während mir meine innere Stimme klipp und klar sagte, dass sie nie davon ausgegangen wäre, Cailan würde mich zu dick finden.

»Mrs Yorkshire?«, fragte die Ärztin, die vor wenigen Minuten erst das Zimmer verlassen hatte.

Wir hatten gar nicht bemerkt, wie sie in den Raum gekommen war.

»Ja?«, fragte Leonore mit einem Lächeln auf den Lippen.

»Ich wollte Ihnen nur schnell sagen, dass Sie beruhigt sein können. Es hat sich nicht um einen Herzinfarkt gehandelt. Vermutlich war es ein kleiner Schwächeanfall. Ruhen Sie sich in den nächsten Tagen ein wenig aus und lassen Sie sich von Ihrer Familie verwöhnen.«

Leonore sah zwischen Cailan und mir hin und her.

»Sehr gerne«, bestätigte sie der Ärztin, die bereits zum nächsten Patienten unterwegs war.

»Kein Herzinfarkt?«, fragte Cailan verwundert.

»Eine alte Frau hat nur begrenzte Möglichkeiten, wenn es darum geht, zwei jungen hitzigen Dickköpfen aufzuzeigen, dass sie auf dem Holzweg sind.«

Augenzwinkernd sah sie mich an.

»Dann war da alles nur …«

»… gespielt?«, hakte Cailan nach.

»Es war vielmehr Mittel zum Zweck. Und der heiligt ja bekanntlich die Mittel. Nicht wahr?«

Leonore schmunzelte zufrieden, während Cailan und ich zunächst die Köpfe schüttelten und dann zu lachen begannen.

»Und nun küsst euch doch endlich. Wisst ihr überhaupt, wie anstrengend so eine Autofahrt für mich ist?«

Cailan und ich ließen uns nicht zweimal bitten. Schon im nächsten Augenblick lag ich in seinen Armen, und die Selbstzweifel und Ängste der Vergangenheit hatten ab sofort Hausverbot.

Epilog

Lara

Zwei Monate später

»Hast du dir die Scheune noch mal angesehen? Die ersten Teilnehmer des Yoga-Kurses können jeden Moment da sein.«

Anstatt mir zu antworten, küsste Cailan mich lieber. Das war seine gängige Praxis in den letzten Tagen gewesen, wenn ich mal wieder kurz davorstand durchzudrehen. Was des Öfteren vorgekommen war. Aber neben dem normalen B&B-Betrieb auch noch eine solche Veranstaltung zu planen, war doch nicht ganz so einfach, wie ich es mir vorgestellt hatte.

»Deine Mum ist gerade noch mal rübergegangen, um nach dem Rechten zu sehen. Es ist alles vorbereitet. Du brauchst dir keine Sorgen zu machen, mein Schatz. Okay?«, redete Cailan sanftmütig auf mich ein, bis sich meine Aufregung ein wenig gelegt hatte.

»Höre ich da etwas von Sorgen?«, fragte Leonore und drückte mir prompt einen Tee in die Hand.

»Was ist das?«

Der Duft von Kräutern und Beeren umspielte meine Nase.

»Der ist gut für die Nerven. Ein altes Familienrezept«, sagte Leonore augenzwinkernd und war daraufhin schon wieder in der Küche verschwunden, um den Snack für die Kursteilnehmer vorzubereiten.

Hoffentlich würde alles gut gehen.

»Liebling, wie lange willst du dir noch Sorgen machen?«, fragte Cailan, der sich auf der geschnitzten Holzbank im Garten niederließ und mir bedeutete, mich neben ihn zu setzen.

Widerwillig gesellte ich mich zu ihm. Schließlich gab es noch so viel zu tun. Ich hatte gar nicht die Zeit, hier herumzusitzen und Däumchen zu drehen.

»Also?«

»Hm?«, fragte ich nach.

»Wie lange willst du dir noch Sorgen machen?«, wiederholte er seine Frage.

»Bis die Veranstaltung ohne Probleme über die Bühne gegangen ist«, erwiderte ich.

»Und was machst du beim nächsten Yoga-Kurs?«

»Mich genauso verrückt machen wie bei diesem?«

Ich wusste, worauf er hinauswollte. Gleichzeitig konnte ich aber auch nicht so einfach aus meiner Haut.

Die Verantwortung für das B&B trugen Cailan und ich zwar gemeinsam, dennoch fiel es mir nicht leicht, mich voll und ganz darauf einzulassen, nun nicht mehr angestellt und damit weisungsgebunden zu sein.

Ich entwickelte eigenständige Pläne, machte mir Gedanken über neue Programme und Veranstaltungen, die an diesem wunderschönen Flecken Erde stattfinden und die Leute hoffentlich erfreuen konnten.

»Falsch! Du wirst das positive Feedback, das du nach dem Kurs bekommst, ganz fest in deinem Herzen einschließen und immer, wenn du Sorge hast, etwas könnte schiefgehen, denkst du daran, wie gut heute alles geklappt hat. Versprichst du mir das?«

Cailan ruhte in sich selbst. Ihn so zu sehen, war eine Wohltat. Nicht nur das. Seine innere Ausgeglichenheit strahlte so sehr auf mich ab, dass ich mich nach und nach immer mehr entspannte.

»Es ist alles fertig, die Wasserkaraffe ist gefüllt, das Tablett mit den Gläsern habe ich schon in die Scheune gebracht, die Matten und Kissen liegen bereit, ich habe auch schon die Musik spielen lassen zur Einstimmung, wenn die Teilnehmer gleich ankommen«, riss meine Mutter uns aus unserem Gespräch und küsste mich dabei sanft auf die Schläfe.

In Leggings und einem Shirt stand sie vor uns. Meine Mutter war extra mit zwei Freundinnen angereist, um ebenfalls an dem Kurs teilzunehmen, den ich mit einer der renommiertesten Yoga-Lehrerinnen Schottlands organisiert hatte.

Es war so schön, wie sie mich unterstützte und mir ihre Hilfe anbot, wo immer ich sie brauchte. Ich sollte mehr

Vertrauen in mich und meine Fähigkeiten haben. Schließlich wusste ich, was ich tat, und gleichzeitig hatte ich viele helfende Hände um mich herum, die nur auf mein Kommando warteten.

Sogar mein ehemaliger Chef aus dem Hotel Rehlein hatte mir beim Abschied zugesichert, dass ich immer auf seine Hilfe bauen konnte. Er war zwar traurig darüber gewesen, dass ich meine Kündigung eingereicht hatte, konnte meinen Entschluss allerdings gut nachvollziehen.

Als mein Handy im nächsten Moment zu klingeln begann, setzte mein Herz für einen Schlag aus.

Erst als ich Papas Gesicht im Display erkannte, beruhigte ich mich ein wenig. Wo blieb Josie? Ohne die Yoga-Lehrerin würde der Kurs nicht stattfinden können.

Mit einem »Hallo, Papa« nahm ich das Gespräch entgegen.

»Ich wollte nur kurz anrufen, um dir zu sagen, dass ich ganz fest an dich denke und beide Daumen gedrückt sind.«

Zu meinem Vater hatte ich nach wie vor keine so innige Beziehung wie zu meiner Mutter, bei der ich nach der Scheidung aufgewachsen war, aber auch er gab sich Mühe, sich mehr in mein Leben einzubringen und mir seine Unterstützung zuzusichern. Eine Tatsache, die ich ihm hoch anrechnete. Was die Zukunft brachte, wusste niemand von uns, aber vielleicht kamen wir uns Stück für Stück ja noch näher, als es bisher der Fall war.

Die Hoffnung vorschnell aufzugeben, war keine Grundlage für ein glückliches Leben. Also blieb ich offen für alles, was kam, und war dankbar für die Erfahrungen, die ich bisher machen durfte.

»Das ist sehr lieb von dir, Papa«, beeilte ich mich zu sagen, ehe er das Gespräch beendete. Schon im nächsten Augenblick erkannte ich eine Frau mit langen roten Haaren, die gerade durch das Gartentor hereinkam.

Die Yoga-Lehrerin.

»Wir hören uns«, sagte ich noch.

»Sind Sie Josie Goodwell?«, fragte ich, kaum dass sie in Hörweite gekommen war.

»Höchstpersönlich«, flötete sie, woraufhin gleich ein Dutzend Steine von meinem Herzen purzelten.

»Was für einen wunderschönen Garten Sie hier haben!« Sie breitete die Arme aus und ließ die Umgebung auf sich wirken. »Wo findet denn der Kurs heute statt?«

Ich wies ihr den Weg und wollte schon mit ihr losgehen, als meine Mutter übernahm.

»Du bist mir noch eine Antwort schuldig«, erinnerte mich Cailan.

Ich sah ihn irritiert an.

»Du weißt schon, ich wollte, dass du mir versprichst, die positive Energie, die du heute aus der Veranstaltung ziehen wirst, dafür herzunehmen, dich nicht mehr verrückt zu machen.«

Ich lächelte ihn verlegen an.

»Du weißt doch, dass ich nicht aus meiner Haut kann«, rechtfertigte ich mich für die ganze Aufregung.

»Dann wünsche ich es mir«, sagte Cailan prompt im nächsten Moment.

»Wie bitte?«, hakte ich nach.

»Du erinnerst dich sicher noch, dass ich einen Wunsch frei habe. Den würde ich jetzt gerne einlösen«, erklärte er mir.

»Du setzt einen Wunsch für mein Seelenheil ein?«, hakte ich nach.

Er nickte.

Ohne es zu wollen, schwammen meine Augen sogleich in Tränen.

Gerührt über die Tatsache, dass ihm mein Glück wichtiger war als die Erfüllung eines ganz persönlichen Wunsches, spürte ich nun mehr denn je, dass ich endlich angekommen war.

Denn hier in dem kleinen Cottage am Clachtoll Beach war ich gut so, wie ich war. Es war nicht wichtig, wie viele Kilos ich auf die Waage brachte oder wie muskulös und wohlgeformt mein Körper war. Und diese Erkenntnis ließ mir Flügel wachsen.

»Entschuldigen Sie bitte, aber gibt es die Möglichkeit, hier für die Nacht ein Zimmer zu bekommen? «

Bei der Frage der jungen Frau musste ich wieder daran denken, wie Lara und ich uns das erste Mal begegnet waren. Ein Schmunzeln stahl sich auf meine Lippen, als ich an ihre Hartnäckigkeit denken musste.

Lara war wirklich etwas ganz Besonderes. Jetzt war es nur noch wichtig, dass sie das selbst in sich fühlte. Aber sie war inzwischen auf einem echt guten Weg. Und ich half ihr, wo immer ich konnte.

»Im Moment ist leider nichts frei. Haben Sie es denn schon drüben auf dem Campingplatz direkt am Strand versucht?«

Im Gegensatz zu meiner abweisenden Art bei Laras Ankunft hier am Cottage war ich mittlerweile dazu übergegangen, den Menschen, die bei uns einkehren wollten, obwohl wir kein Zimmer mehr frei hatten, mit Rat und Tat zur Seite zu stehen.

Das musste an Laras gutem Einfluss liegen. Oder aber es hatte mit der Tatsache zu tun, dass ich endlich wieder in meinem Elternhaus angekommen war und die Schatten meiner Vergangenheit hinter mir gelassen hatte.

Ein sehr gutes Gefühl.

»Ja, dort komme ich gerade her«, erklärte mir die Frau und stellte dabei den riesigen Backpackerrucksack auf den Boden zu ihren Füßen.

»Anna?«, rief Lara in meinem Rücken mit schriller Stimme plötzlich auf.

Mir klingelten noch Minuten danach die Ohren.

»Ihr kennt euch?«, hakte ich nach.

»Kennen? Das ist meine beste Freundin Anna. Aber sie sollte eigentlich gerade in Neuseeland unterwegs sein«, erklärte sie mir, ehe sie sich an ihre Freundin wandte. »Was machst du denn hier?«

Anna seufzte.

»Das würde ich dir lieber in Ruhe erklären. Aber leider habt ihr ja kein Zimmer mehr frei. Es wäre vielleicht doch besser gewesen, ich hätte dir Bescheid gegeben, dass ich kommen werde«, erwiderte sie zerknirscht.

»Dann wäre es aber keine Überraschung gewesen«, meinte Lara schließlich.

Sie tauschte einen Blick mit mir. Ich nickte.

»Wir haben noch ein kleines Gästezimmer im Dach. Es ist nicht besonders groß, und es könnten ein paar Spinnweben …«

»Ich nehme es«, rief Anna so laut, dass Lara und ich erschrocken zusammenfuhren.

»Das ist wunderbar! Ich freu mich sehr, endlich Laras beste Freundin kennenzulernen. Sie hat nämlich schon viel von dir erzählt, musst du wissen«, erklärte ich.

Sie sah ein wenig verschüchtert drein, schenkte mir jedoch ein kurzes Lächeln. Offenbar war sie müde vom langen Flug. Der Jetlag, den sie die nächsten Tage haben würde, war sicher auch beachtlich.

»Komm, ich zeig dir gleich alles!«, sagte Lara und war schon mitsamt Annas Rucksack und ihrer Freundin im Schlepptau auf dem Weg zur Treppe.

»Netter Tag heute!« Ich drehte mich um. Es war Charlie, der wie jeden Morgen auch an diesem Tag bei uns im B&B vorbeikam, um uns die Post zu bringen.

»Wieder nur Post?«, hakte ich nach, denn das Paket mit meiner bestellten Angelrute wäre mir sicher ins Auge gefallen.

Er schüttelte den Kopf.

»Leider keine Warenlieferung, Cailan. Sobald sie kommt, bringe ich sie dir gleich vorbei. Versprochen.«

Charlie war ein Mittsiebziger, schätzungsweise so alt wie Leonore. Er verdiente sich immer noch etwas dazu, indem er in Clachtoll die Post verteilte. Angewiesen auf das Geld war er nicht, da er Zeit seines Lebens als Polizist gearbeitet hatte. Aber die Einsamkeit hielt ihn nicht besonders lange daheim. Und Arbeit war etwas, was ihm guttat. Also hatte er sich für diesen Weg entschieden.

»Guten Morgen, Charlie«, begrüßte ihn Leonore, die gerade aus der Küche gelaufen kam.

Kaum dass Charlie sie erblickt hatte, strich er sich die Haare zurecht und lächelte sie voller Liebe an. Ich konnte das sehen. Lara hatte es auch schon bemerkt. Nur Leonore war für Charlies Gefühle nicht sonderlich empfänglich.

Vielleicht würden Lara und ich in Leonores Fall auch mal Amor spielen. Das konnte sich ja keiner länger mitansehen, wie Charlie es jeden Tag versuchte und Leonore ihn nicht mal beachtete.

Als Leonore wieder im Haus verschwunden war, erstarb das Lächeln aufs Charlies Gesicht. Armer Kerl!

Mit einem weniger freudigen »Hier« reichte er mir die Post.

Ein Schreiben fiel mir dabei besonders ins Auge. Es kam von der örtlichen Verwaltung.

Ich öffnete es ohne langes Fackeln und hielt einen Bußgeldbescheid über hundertfünfzig Pfund für das unerlaubte Feuermachen am Lake Assynt in Händen. Doch anstatt mich zu ärgern, breitete sich ein Lächeln auf meinen Lippen aus. An diesem Abend hatte ich mich in Lara verliebt.

»Gute Nachrichten?«, fragte Charlie interessiert.

»Die besten«, log ich und faltete den Brief wieder zusammen.

»Sehen wir uns morgen?«, fragte ich nach.

Charlie nickte wie immer mit dem Kopf.

»Na klar doch. Auf mich kannst du dich verlassen.«

Und wie ich mich hier am Clachtoll Beach auf meine Mitmenschen verlassen konnte. Es war so ein gutes Gefühl, zu meinen Wurzeln zurückgekehrt zu sein.

Phoebe war inzwischen auch darüber hinweg, dass ich nicht mehr nach Aberdeen zurückgekommen war. Beruflich waren wir noch immer miteinander verbunden, indem ich als Freelancer für ihre Firma arbeitete. Mit ihrem neuen Freund Sam war sie gerade im Urlaub auf den Kanaren.

»Dann bis morgen, Charlie.«

»Bis morgen, Cailan. Und denk immer daran: Das Glück kann nur finden, wer sich vor die Tür wagt«, gab er mir eine seiner täglichen Weisheiten mit auf den Weg und zwinkerte mir dabei übermütig zu, ehe er seine Tour fortsetzte.

Doch in diesem Punkt musste ich ihm widersprechen. In meinen Augen müsste der Spruch vielmehr lauten: Wenn das Glück vor der Tür steht, muss man es nur hereinlassen.

ENDE

Danksagung

Liebe Leserinnen und Leser,

vielen lieben DANK für das Interesse an meinen Büchern.

Es hat mir außerordentlich viel Spaß gemacht, die Geschichte über Lara & Cailan zu Papier zu bringen und mit den beiden nach Schottland an den Clachtoll Beach zu reisen. Zumindest gedanklich ;-) Wenn ich es ebenso geschafft habe, euch mit meiner Geschichte ein paar schöne Lesestunden zu bereiten, dann bin ich sehr glücklich darüber.

Bedanken möchte ich mich an dieser Stelle ganz herzlich bei meinen engagierten und wunderbaren Testleserinnen. DANKE für eure ehrlichen Worte, eure Begeisterung und euer Mitfiebern. Ohne euch wäre das Ganze nur halb so schön. Vielen lieben DANK, dass ihr den Weg mit mir gegangen seid! Ich freue mich bereits heute über euer Feedback zum nächsten Buch.

Liebe Doro, ein ganz besonderer Motivationsschub in diesem Buch war die Freude, die dir die Geschichte bereitet hat. DANKE hierfür.

Vielen DANK, liebe Sybille, dass du mein Manuskript mit so viel Sorgfalt korrigiert hast.

Vielen DANK an meine Leser und Leserinnen, dass ihr mit mir in die Geschichte von Lara & Cailan abgetaucht seid.

Eure Mila

Außerdem freue ich mich sehr auf regen Austausch mit euch:
http://www.milasummers.com/
E-Mail: mila.summers@outlook.de
facebook: Mila Summers
Instagram: books_by_mila_summers

PS: Wenn euch meine Geschichte gefallen hat, würdet ihr mir unglaublich helfen, wenn ihr eine Rezension auf dem Buchportal eurer Wahl schreiben würdet. Dann bekommen vielleicht noch weitere Leser und Leserinnen die Möglichkeit, meine Geschichten kennenzulernen.